원서발췌
도리언 그레이의 초상

고전 명작을 읽는 가장 쉬운 길, ‘지식을만드는지식 원서발췌’

축약, 해설, 리라이팅이 아닙니다. 원전의 핵심 내용을 문장 그대로 가져옵니다. 작품의 오리지낼리티를 가감 없이 느낄 수 있습니다.
두껍고 읽기 어려워 책장을 덮어 버리곤 했던 고전을 발췌합니다. 해당 작품을 연구한 전문가가 작품의 정수를 가려 뽑아냅니다. 핵심만 읽기 때문에 더 빠르게 더 많은 고전을 읽을 수 있습니다. 제외된 부분은 중간중간 친절하게 요약 설명합니다. 풍부한 해설과 주석으로 전체 내용을 파악하는 데 무리가 없습니다. 정확한 번역, 적절한 윤문으로 10대에서 80대까지 누구나 쉽게 읽을 수 있습니다. 콤팩트한 사이즈와 분량이므로 간편하게 휴대할 수 있습니다. 수천 쪽의 고전을 발췌된 내용으로 읽고도 전체 의미를 파악할 수 있는 것이 지식을만드는지식 원서발췌의 매직입니다. 발췌율은 표지에 표시하고 발췌 방법은 일러두기에 상세히 밝힙니다.
고전 독자를 발췌 읽기에서 완역 읽기로, 더 나아가 원전 읽기로 안내합니다. 바쁜 현대인들에게 새로운 고전읽기 방법을 제시합니다.

원서발췌
도리언 그레이의 초상

The Picture of Dorian Gray

오스카 와일드(Oscar Wilde) 지음
원유경 옮김

대한민국, 서울, 지식을만드는지식, 2026

편집자 일러두기

- 이 책은 펭귄북스에서 출판된 《The Picture of Dorian Gray》(1949)를 원전으로 사용했고 1890년에 출간된 원본과의 비교를 위해 미국 노턴 출판사의 것을 참고했습니다.
- 원전의 약 50%를 발췌해서 번역했습니다.
- 외래어 표기는 현행 한글어문규정의 외래어표기법을 따랐습니다.
- 이 책의 주석은 모두 옮긴이가 붙인 것입니다.
- 이 책은 2008년 10월 15일 한정판 '고전선집' 시리즈로 처음 출간했습니다. 2013년 2월 8일 표지를 바꿔 '천줄읽기' 시리즈로 다시 출간했다가 이번에 '원서발췌' 시리즈로 옮겨 출간합니다.

차례

도리언 그레이의 초상

서문

예술가는 아름다운 것을 창조하는 존재다.

예술의 목표는 예술을 드러내고 예술가를 감추는 것이다.

비평가는 아름다운 것에서 받은 인상을 새로운 방식 또는 새로운 재료로 바꿀 수 있는 존재다.

최고의 비평은 최악의 비평과 마찬가지로 자서전 양식을 갖는다.

아름다운 것에서 추한 것을 발견하는 사람들은 매력 없이 타락해 버린 사람들이다. 이것은 단점이다.

아름다운 것에서 아름다운 것을 발견하는 사람들은 취향이 고상한 사람들이다. 이들에게는 희망이란 게 있다.

아름다운 것을 보고 그저 아름답다고 말할 수 있는 사람들은 선택된 존재다.

책에 대해 도덕적이다 부도덕하다 할 수는 없다. 책은 잘 쓰였거나 형편없이 쓰였거나 할 뿐이다. 그게 전부다.

19세기가 리얼리즘을 혐오하는 건 칼리반이 거울에서 자기 얼굴을 보고 느끼는 분노와 같다.

19세기가 낭만주의를 혐오하는 건 칼리반이 거울에서

자기 얼굴을 보지 못해서 느끼는 분노와 같다.

인간의 도덕적 삶은 예술가가 주제로 활용할 수 있는 것이고, 예술의 도덕성은 예술가가 불완전한 매개체를 활용해 완벽을 이루는 데 있다. 예술가는 무엇을 증명하려고 하지 않는다. 무엇을 증명하는 건 누구나 다 할 수 있다.

예술가가 윤리적으로 공감하는 법은 없다. 예술가가 윤리적으로 공감한다는 건 매너리즘에 빠졌다는 것으로 용서될 수 없는 부분이다.

예술가에게 병적이라는 말은 쓸 수 없다. 예술가는 무엇이든지 표현할 수 있다.

사상과 언어는 예술가에게 예술의 도구다.

악덕과 미덕은 예술가에게 예술의 재료다.

형식의 측면에서 볼 때, 모든 예술의 전형은 음악이다. 감정의 측면에서 볼 때, 배우의 실력은 전형을 잘 보여 주는 것이다.

모든 예술은 표층인 동시에 상징이다.

표층의 이면을 보려고 하는 사람들은 그러다가 큰일 나는 수가 있다.

상징을 읽어 내려고 하는 사람들은 그러다가 큰일 나는 수가 있다.

예술이 거울처럼 비춰 주는 것은 인생이 아니라 인생을 바라보는 바로 그 구경꾼이다.

예술 작품에 대한 견해가 다양한 것은 그 작품이 새롭고 복잡하고 활기가 넘치는 것임을 말해 주는 것이다.

비평가들의 의견이 서로 다를 때, 예술가는 자신에게 충실한 것이다.

쓸모 있는 것을 만들어내는 사람은 그것을 숭배하지만 않으면 용서될 수 있다. 쓸모없는 것을 만들어내는 유일한 이유는 누군가 그것을 무척 숭배하기 때문이다.

모든 예술은 정말로 쓸모없는 것이다.

오스카 와일드

1장

화실은 장미 향기로 가득했고, 정원에 여름의 미풍이 불자 열린 문을 통해 짙은 라일락 향기 혹은 연분홍 찔레꽃의 미묘한 향기가 풍겨왔다.

헨리 워턴 경은 여느 때처럼 담배를 피우며, 페르시아풍의 소파에 누워, 타오르는 듯한 미의 향연, 그 무게를 이길 수 없을 것 같은 달콤한 벌꿀 색 등꽃을 내다보고 있었다. 때로 새들의 환상적인 그림자가 큼직한 창문에 드리운 실크 커튼 위로 스쳐 지나가자 순간적으로 일본풍의 분위기가 연출되어, 워턴 경은 움직이지 않는 예술 매체를 통해 신속함과 운동감각을 전달하고자 애쓰는, 백옥처럼 창백한 얼굴의 도쿄 화가들을 떠올렸다. 깎지 않아 길게 자란 잔디 사이로 날아다니거나, 이리저리 뻗어 있는 담쟁이의 황금빛 덩굴손 주변을 단조롭게 빙빙 돌고 있는, 벌들의 나지막한 윙윙 소리가 무거운 정적을 더 내리누르는 듯했다. 런던의 소음이, 멀리 떨어진 오르간의 저음부처럼 희미하게 들려오고 있었다.

방 한가운데 세워진 이젤 위에 놀랄 만큼 아름다운 한 청년의 전신 초상화가 놓여 있었다. 그 앞에 조금 떨어진 곳에는, 몇 년 전 갑자기 사라져서 대중을 흥분시키고 온갖 이상한 추측이 난무하게 만들었던 장본인인 화가 바질 홀워드가 앉아 있었다.

훌륭한 기술로 표현된 작품 속의 그 우아하고 잘생긴 청년을 바라보던 그의 표정에 잠시 기쁨의 미소 같은 것이 스쳐 지나가듯 머물렀다. 그는 갑자기 깜짝 놀라 정신을 차리더니 눈을 질끈 감으며 손가락을 눈꺼풀 위에 갖다 댔다. 마치 깨어나기 싫어 그 야릇한 꿈을 자신의 머릿속에 계속 가둬두려는 것처럼.

"바질, 이건 자네의 최고작이군. 자네가 완성한 최고의 작품이야."

헨리 경이 나른하게 말했다.

"자네 내년에 이 작품을 꼭 그로즈브너[1)]로 보내야겠어. 왕립 미술원[2)]은 너무 광범위하고 저속해져서 말이야.

1) 그로즈브너(Grosvenor) : 메이페어 지역의 파크 레인에 위치한 그로즈브너 가문의 개인 저택으로 게인즈버러나 벨라스케스 같은 작가의 미술품을 전시한 바 있다. 1차대전 이후 매각되어 현재는 그로즈브너 호텔이 되었으며 매년 아트 페어가 열리고 있다.

2) 왕립 미술원(The Royal Academy of Arts) : 1768년 창립된 예술문화기관으로 초대 회장은 J. 레이놀즈였으며, 피카딜리의 웨스트엔드 한가운데 위치하고 있다. 주요 전시회를 개최한다.

내가 갈 때마다 사람들이 너무 많아 그림을 제대로 볼 수 없어. 좀 심하지? 아니면 그림이 너무 많아서 사람들을 제대로 볼 수 없거나. 이건 더 심한 일이지. 그로즈브너만이 정말 제대로 된 곳이야."

"난 이 그림을 어디에도 보낼 생각이 없는데."

화가는 옥스퍼드 시절 친구들의 웃음거리가 되곤 했던 그 이상한 제스처로 머리를 뒤로 홱 젖히면서 말했다.

"아니, 아무 데도 안 보낼 거야."

아편 냄새가 짙게 나는 담배로 멋진 소용돌이를 만들고 있던 헨리 경은 놀라 눈썹을 치키고는 연푸른 원 모양의 담배 연기 사이로 그를 바라보았다.

"아무 데도 안 보낸다고? 이 친구, 왜 그러는가? 이유가 뭐야? 자네 화가들이란 정말 이상해. 명성을 얻기 위해서라면 별별 일을 다 하지 않나. 그러면서 일단 명성을 얻으면 이내 떨쳐버리고 싶어 하는 것 같아. 자네 어리석군. 이 세상에서 남의 입에 오르내리는 것보다 더 나쁜 게 하나 있는데 그건 남의 입에 더 이상 오르내리지 않는 거야. 이런 초상화라면 자네를 영국의 어떤 젊은이보다도 더 유명하게 만들어줄 텐데. 또 노인들은 무척 질투를 하게 되겠지. 노인들에게 감정이란 게 있다면 말이야."

"자네가 놀릴 줄 알고 있었지만, 정말 이 그림은 전시하고 싶지 않아. 작품 속에 내 자신을 너무 많이 집어넣었거든."

바질이 대답했다.

헨리 경이 소파 위에서 몸을 쭉 뻗으며 웃었다.

"그래, 웃을 줄 알았어. 하지만 그래도 그게 사실인걸."

"자네를 너무 많이 집어넣었다고! 세상에, 바질, 자네가 그렇게 허영심이 강한 줄 몰랐어. 두 사람 사이에 닮은 점을 전혀 찾을 수 없는데 그래? 숯처럼 검은 머리에 우락부락한 강렬한 얼굴을 한 자네와 상아와 장미꽃으로 만들어진 것 같은 저 젊은 아도니스와는 닮은 데가 하나도 없어. 이봐, 바질, 저 친구는 나르키소스야. 그리고 자네는 정말이지 지적인 표정을 갖고 있잖아. 그런데 아름다움, 진정한 아름다움은 지적 표정을 갖기 시작하면 사라져버리는 거잖아. 지성은 그 자체로 과장의 한 형태로 어떤 얼굴이건 조화로움을 파괴해 버려. 사람은 생각을 하기 위해 앉게 되면 그 순간, 온통 코나 이마만 보이거나 뭔가 끔찍한 것처럼 보인다니까. 유식한 직업에서 성공한 사람을 봐. 얼마나 흉한지 말이야. 물론 교회 쪽은 제외하고. 교회에서는 생각 같은 건 하지 않으니까 말이야. 팔십 나이의 주교는 열여덟 살에나 해야 할 얘기를 계속하잖아. 그러다 보니 사람이 늘 쾌활하고 말이야. 자네가 이름도 말해 주지 않았지만, 내 마음을 사로잡은 저 신비로운 젊은 친구는 생각 같은 건 절대 안 할걸. 정말 확실해. 우리가 바라볼 꽃이 없는 겨울, 그리고 지성을 식힐 뭔가가 필요한 여름에 여기 꼭 있어야 하는 그런 친구. 생각 같은 건 없는 아름다운 존재란 말이야. 착각하지 말게, 바질. 자네는 저 친구랑 전혀 닮은 데가 없어."

"해리, 자넨 날 이해 못하는군."

예술가가 말을 이었다.

"물론, 나는 저 친구와 달라. 그 점을 잘 알고 있어. 정말이지 저 친구처럼 생겼으면 유감이었을 거야. 지금 어깨를 으쓱했나? 난 진실을 말하는 거야. 육체적으로나 지적으로나 너무 탁월하면 뭔가 치명적인 게 따라다녀. 역사를 통해 왕들의 비틀거리는 발걸음을 끈질기게 따라다니는 것 같은 그런 종류의 치명적 숙명 같은 것 말이야. 주변 사람들과 다를 바 없는 게 좋아. 추하고 어리석은 자들이 이 세상에서 이기게 되어 있거든. 그들은 게임에서 입을 떡 벌리고 편하게들 앉아 있어. 그자들은 승리에 대해 알지 못하겠지만, 최소한 패배에 대해서도 알지 못하는 법이지. 그자들은—우리 모두 그렇게 살아야 하겠지—동요되지도 않고 무관심한 채로 흔들림 없이 그렇게 살고들 있어. 그들은 다른 사람들을 파멸로 이끄는 법도 없고 낯선 사람들 때문에 파멸로 치닫는 일도 없지. 해리, 자네의 지위와 재산, 그리고 가치가 어떤지 모르지만 어쨌든 나의 두뇌, 나의 예술, 그리고 도리언 그레이의 잘생긴 외모. 신의 선물인 이런 것 때문에 우리 모두 고통을 겪게 될 거야. 그것도 심하게 말이야."

"도리언 그레이? 그게 그 친구 이름이야?"

헨리 경이 화실을 가로질러 바질 홀워드를 향해 걸어오면서 물었다.

"그래, 그 이름이야. 자네에게 말할 생각은 없었는데."

"왜 안 해?"

"글쎄, 설명은 못하겠어. 난 내가 무척 좋아하는 사람들의 이름을 여기저기 남에게 말하고 다니지 않아. 그러면 좋아하는 사람들을 남에게 넘겨주는 것 같거든. 나는 자라면서 은밀한 걸 좋아하게 되었어. 그것만이 현대의 삶을 뭔가 신비롭거나 놀라운 것으로 만들어주는 유일한 것처럼 생각이 돼. 흔한 일이라도 숨기면 즐거운 게 되잖아. 런던을 떠날 때 난 사람들에게 어디로 가는지 말하지 않을 거야. 말해버리면 내 기쁨이 모두 사라지거든. 아마 어리석은 습관이겠지. 하지만 어쨌든 그러는 게 삶에 상당한 낭만을 가져다주는 것 같아. 자네는 이런 나를 무척 어리석다고 생각하겠지?"

"전혀."

헨리 경이 대답했다.

"이봐, 바질, 전혀 그렇지 않아. 자네, 내가 결혼했다는 사실을 잊은 것 같은데. 결혼이 갖는 유일한 매력은 양쪽 모두에게 속임수의 삶이 절대적으로 필요하다는 거야. 나는 아내가 어디에 있는지 모르고 아내는 내가 뭘 하고 있는지 절대 몰라. 우리가 만날 때는—우리도 가끔 외식하러 갈 때나 백작의 저택에 갈 때는 만나거든—가장 심각한 표정으로 가장 말도 안 되는 얘기들을 하곤 해. 내 아내는 이런 일에 무척 능숙하다네. 사실 나보다 훨씬 낫지. 자기 데이트에 대해 혼동하는 법이 없어. 나는 늘 혼동하는데. 하지만 데이트를 하다가 발각이 되어도 아내는 아무런 소동도 일으키지 않아. 난 때로 아내가 소동을 좀 벌였으면 하고 바라는데, 아내는 그저 놀리기만 해."

"해리, 결혼 생활에 대해 어떻게 그런 식으로 말할 수가 있나?"

바질 홀워드가 정원으로 나가는 문을 향해 걸어가며 말했다.

"나는 자네가 정말 좋은 남편이면서 그 장점을 부끄러워하고 있는 것으로 생각되네. 자넨 엄청난 친구야. 자넨 도덕적인 얘기를 하는 법도 없고, 그릇된 일을 저지르는 법도 없어. 자네의 냉소주의는 그저 겉으로만 취하는 포즈일 뿐이야."

"자연스러운 척하는 포즈겠지. 게다가 가장 짜증 나는 포즈야." 헨리 경이 웃으면서 외쳤다.

두 젊은이는 함께 정원으로 나가 월계수 덤불 그늘 아래, 대나무로 만든 긴 의자에 앉았다. 햇빛이 반짝이는 잎사귀 위로 미끄러져 내렸다. 잔디밭에는 하얀 데이지 꽃들이 떨고 있었다.

잠시 후 헨리 경이 시계를 꺼냈다.

"바질, 그만 가야겠어." 그가 중얼거렸다.

"그런데 가기 전에 아까 내가 한 질문에 대답을 좀 해주겠나."

"무슨 질문?" 화가가 시선을 땅에 고정시킨 채 물었다.

"잘 알지 않나."

"해리, 모르겠는데."

"그러면 말해줄게. 자네가 왜 도리언 그레이의 초상화를 전시하지 않으려는지 설명을 좀 해 줘. 진짜 이유를 알고 싶네."

"진짜 이유를 말했잖아."

"아니야, 말 안 했어. 자넨 그림에 자네 자신이 너무 많이 반영되어서 전시하기 싫다고 했는데 그건 너무 유치하잖아."

"해리." 바질 홀워드가 그의 얼굴을 똑바로 바라보며 말했다.

"감정을 담아 그린 초상화는 모델의 초상화가 아니라 모두 예술가 자신의 초상화야. 모델은 그저 우연한 사건이거나 계기일 뿐이고. 화가에 의해 나타나는 건 모델이 아니야. 채색된 화폭 위에 나타나는 건 오히려 화가 자신이란 말이지. 이 그림을 전시하지 않으려는 이유는 내가 그림에 내 영혼의 비밀을 너무 많이 드러낸 것 같아서 그런 거야."

헨리 경은 웃으며 "그러면 그 비밀이 뭔데?" 하고 물었다.

"말해주지." 홀워드가 말했다. 그러나 그의 얼굴에 당황한 표정이 역력했다.

"바질, 너무 기대되는데." 그의 친구가 그를 응시하며 말했다.

"해리, 정말 말할 게 별로 없어." 화가가 말했다. "그리고 자넨 이해하지 못할 거야. 아마 믿으려고도 안 할걸."

헨리 경은 미소 지었다. 그리고 그는 몸을 숙여 잔디밭에 핀 분홍색 데이지의 꽃잎 하나를 따서 들여다보았다.

"난 이해할 수 있을 거라고 확신하네." 그가 하얀 솜털

이 달린 샛노란 작은 수술을 열심히 응시하면서 말했다. "난 믿기지 않는 그런 일이라면, 다 믿을 수 있어."

바람이 불어와 나무 위 꽃송이들을 흔들자 무수한 별 모양 꽃송이들이 활짝 핀, 짙은 라일락이 이리저리 나른하게 움직였다. 벽에서는 여치가 울고 그물 같은 갈색 날개를 펼친 길고 가느다란 잠자리가 푸른 실처럼 떠다녔다. 헨리 경은 바질 홀워드의 심장 뛰는 소리가 들리는 것 같아 무슨 얘기를 하려고 하나 궁금해졌다.

"별 얘기는 아니야."

화가가 잠시 뜸 들이면서 말했다.

"두 달 전 브랜던 부인이 주최한 파티에 갔었어. 자네도 알다시피 우리 가난한 화가들은 가끔 사교계에 나타나서 우리가 야만인이 아니라는 사실을 알려야 하거든. 자네가 지난번 얘기했듯이 연회복에 하얀 넥타이를 매면 누구든, 심지어 주식 중개인이라 하더라도, 교양 있다는 평판을 얻을 수 있잖아. 지나치게 치장한 몸집이 큰 미망인들과 지루한 학자들과 얘기를 나누며 연회장에 한 10분 정도 있었는데 그때 갑자기 누군가 나를 쳐다보고 있다는 사실을 의식하게 되었어. 반쯤 돌아서면서 처음으로 도리언 그레이를 보게 되었지. 시선이 마주쳤는데 난 창백해지는 느낌이었어. 이상한 공포감이 나를 엄습했어. 나는 가만있으면 나의 온 성품, 나의 온 영혼, 나의 예술 자체를 흡수해 버릴 것 같은 그런 매혹적인 인물과 얼굴을 마주 대하고 있다는 사실을 깨달았어. 나는 어떤 외적인 영향이 내 삶에 들어오는 걸 원한 적이 없어. 해리, 내가 원래 얼마나 독립심이 강한지 자네도 잘 알고 있잖아. 난 늘 내 뜻대로 해왔어. 최소한 도리언 그레이를 만나기까지는 그랬었다는 말이야. 그러다가—자네에게 어떻게 설명해야 될지 모르겠군. 내 인생이 바야흐로 끔찍한 위기에 처하게 되었다고 뭔가가 말하는 것 같았어. 나는 운명이 나를 위해 미묘한 기쁨과 미묘한 슬픔을 잔뜩 준비하고 있다는 이상한 느낌을 받았지. 나는 두려워져서 뒤돌아 방을 나오려 했지. 내가 그랬던 건 무슨 양심 때문이 아니라 비겁해서였어. 내가 도망치려 했던 점은 별로 높이 살 수가 없네."

"바질, 양심이나 비겁함이나 정말이지 마찬가지야. 양심이란 회사에서 내건 상표일 뿐이야. 그뿐이라니까."

"해리, 내 생각은 그렇지 않아. 자네도 그렇게 생각하지 않을걸. 하지만 내 동기가 무엇이었건—아마도 자존심일 수도 있어. 난 무척 자존심이 강하거든—나는 분명 문을 향해 힘겹게 걸어갔지. 물론 거기서 브랜던 부인과 부딪치고 말았지만 말이야. 부인이 '홀워드 씨, 이렇게 빨리 도망치진 못할걸요'라고 외쳤어. 자네도 그 부인의 야릇하게 날카로운 목소리 알지?"

"그래, 그 부인은 아름다움만 빼면 공작새 같은 분이야. 아름답지 않은 공작새." 헨리 경이 그의 신경질적인 긴 손가락으로 데이지 꽃을 잡아떼면서 말했다.

"난 그 부인에게서 빠져나올 수가 없었어. 부인이 나를 왕족들, 훈장을 단 사람들, 그리고 거대한 티아라 장식을 달고 앵무새 같은 코를 가진 나이 든 부인들에게로 끌고 가더니 가장 친한 친구라고 소개하더군. 나는 그녀를 전에 딱 한 번 만났을 뿐인데 나를 치켜세우려고 작정을 한 것 같았어. 내 그림 하나가 그 당시 꽤 성공을 거두었던 모양이야. 일간 신문에서 한참 떠들썩했었는데 19세기에 그 정도면 불멸의 명성을 얻은 거라고 할 만했지. 갑자기 나는 내 마음을 야릇하게 동요시킨 그 청년과 마주 보고 서게 되었어. 거의 몸이 닿을 정도로 가까이 있었지. 시선이 다시 마주쳤어. 앞뒤 가리지 않고 난 브랜던 부인에게 소개를 해달라고 청했지. 앞뒤 가리지 않은 게 아니라, 어쩌면 불가피한 일이었는지 몰라. 우리는 아무 소개 없이도 서로 말을 걸었을 테니까. 그 점은 확신할 수 있어. 도리언도 나중에 그렇게 말하더군. 도리언 역시 우리가 서로를 알게 될 운명이라고 느꼈던 거야."

"브랜던 부인은 그 멋진 청년을 뭐라고 소개하던가? 내가 알기로 그 부인은 손님들의 신상명세를 재빨리 알리고 다니는 게 취미던데. 한번은 나를 훈장과 리본으로 온통 장식한 신랄해 보이는 혈색 좋은 노신사에게 데려가 소개하면서, 내 귀에다 비극적 목소리로 매우 충격적인 내막을 속삭여대는데 방에 있는 모든 사람이 다 들을 정도였지. 난 그냥 도망쳐버렸어. 난 사람들에 대해 스스로 파악하는 걸 좋아해. 그런데 브랜던 부인은 손님들을 무슨 경매인이 상품 다루는 것처럼 대하지. 손님들에 대한 설명을 혼자 다 해버리거나, 알고 싶은 내용만 빼고 다른 얘기를 해주거나 한단 말이야."

"가엾은 브랜던 부인! 해리, 자네 좀 심한데!"

홀워드가 나른한 어조로 말했다.

"바질, 브랜던 부인은 사교 모임을 위한 살롱을 하나 열려고 했는데 결국은 레스토랑을 하나 열게 된 셈이야. 내가 어떻게 그녀를 칭찬할 수 있겠나? 하지만 말해봐. 브랜던 부인이 도리언 그레이 씨에 대해 무슨 얘기를 했는지."

"아, 뭐 이렇게 얘기했던 거 같아. '매력적인 젊은이-가엾은 그 애 어머니와 나는 정말 갈라질 수 없는 사이였지요. 그런데 뭘 하더라?-하는 일이 없던가?-아, 맞아, 피아노를 친다고 했지-아니 바이올린이었던가, 그레이 씨?' 우린 웃지 않을 수 없었어. 그리고 우린 그 자리에서 친구가 되었지.”

“웃음으로 시작된 우정은 괜찮은 거지. 웃음으로 끝나면 더 좋고.”

젊은 귀족이 다른 데이지 꽃잎을 뜯기 시작하면서 말했다.

홀워드는 고개를 가로저었다.

“자넨 우정이 뭔지 몰라, 해리.”

그가 중얼거렸다.

“얘기가 나온 김에 말하자면 적개심이 뭔지는 더 모르고. 자네는 모든 사람을 다 좋아하잖아. 다시 말하면 모든 사람에게 무관심하다는 얘기도 되지만.”

“자네, 너무 심한데!”

헨리 경이 모자를 뒤로 젖히고 터키석 같은 깊고 푸른 하늘에 떠다니는, 반짝이는 하얀 실크 타래 같은 조그만 구름을 올려다보며 외쳤다.

“그래. 자네 너무 심해. 나는 사람들을 상당히 구별해. 나는 친구로는 훌륭한 용모를 지닌 사람을 택하고, 알고 지내는 지인으로는 좋은 성품을 지닌 사람을 택하고, 적으로는 뛰어난 지성을 가진 사람을 택하거든. 적을 만들 때는 무척 주의해야 해. 난 바보를 적으로 삼은 적은 없어. 모두 지적인 능력이 대단한 사람들이고 따라서 나를 제대로 평가할 수 있는 사람들이지. 내가 좀 허황된가? 허황된 얘기긴 하군."

"해리, 그렇다고 봐야겠지? 하지만 자네 분류에 따르면 나는 그저 알고 지내는 지인이겠군."

"이봐, 친애하는 바질. 자네는 지인보다는 훨씬 가깝지."

"친구보다는 훨씬 못하고. 그러면 일종의 형제 같은 건가?"

"아, 형제! 난 형제를 좋아하지 않아. 내 형은 절대 안 죽을 거고, 내 동생들은 죽는 것 말고는 할 줄 아는 게 없는 것 같아."

"해리!"

홀워드가 인상을 쓰며 소리쳤다.

"이봐, 친애하는 바질. 진지하게 얘기하는 건 아니지만, 난 친척들을 혐오하지 않을 수가 없어. 왜, 자신과 똑같은 단점을 갖고 있는 사람들을 보면 견디기 힘든 법이잖아. 나는 영국 민주주의가 소위 상류층의 악덕을 보고 느끼는 분노에 상당 부분 공감하는 바야. 대중은 술주정, 어리석음, 부도덕이 자기네 속성이라고 생각하고 우리 중 누가 바보짓을 하면 그건 자기네 영역을 침범하는 거라고 생각하지. 불쌍한 서더크가 이혼 법정에 섰을 때, 그들의 분노는 대단했어. 그런데 프롤레타리아 가운데 십 퍼센트는 올바로 살고 있는 것 같지가 않아."

"난 자네가 하는 말에 전혀 동의할 수 없어. 게다가 해리, 난 자네 스스로도 자기가 하는 말에 동의하지 않는다는 걸 잘 알아."

헨리 경은 뾰족하게 다듬은 갈색 턱수염을 쓰다듬으며 자신의 에나멜가죽 장화를 술 달린 검은 지팡이로 톡톡 쳤다.

"자네는 어쩜 그렇게 영국인다운가! 자네가 그 말을 한 게 두 번째지. 진짜 영국인은 누가 어떤 아이디어를 내놓으면 그 아이디어가 옳은지 그른지 검토해 보는 건 생각도 못해. 그 아이디어를 내놓은 사람이 그걸 믿고 있나 아닌가 하는 데만 관심이 있어. 이보게, 어떤 아이디어의 가치는 그것을 내놓은 사람이 성실한가의 문제와 아무런 관계도 없어. 정말이지 그 사람이 성실하지 못할수록 그 아이디어가 더욱 순수하게 지적일 가능성이 높아. 그 경우, 제안한 사람의 욕구나 욕망이나 편견에 아이디어가 채색되지 않을 테니까 말이야. 하지만 난 자네와 정치학이나 사회학이나 형이상학을 논하자는 게 아니야. 난 원칙 따위보다는 사람들을 더 좋아하고, 원칙 없는 사람들을 세상에서 가장 좋아해. 도리언 그레이에 대해 더 얘기해 주게. 얼마나 자주 그를 만났지?"

"매일. 하루라도 안 보면 행복하지가 않았어. 그는 내게 절대적으로 필요한 존재야."

"정말 이상하군! 난 자네가 예술 말고는 그 어떤 것도 좋아하지 않을 거라 생각했었는데."

"그는 지금 내게 예술 그 자체야"라고 화가가 심각하게 말했다. "해리, 나는 때로 세계 역사에서 중요한 시대가 딱 두 번 있었다고 생각하곤 해. 첫 번째는 예술에 새로운 매체가 나타난 것이고, 두 번째는 예술에 새로운 인간성이 나타난 거야. 베네치아 사람들은 유화를 발명했고, 후기 그리스 시대는 안티누스의 얼굴을 조각하기 시작했지. 그렇듯 내게는 도리언 그레이의 얼굴이 나타났어. 난 그를 그리고 색칠하고 스케치하는 데 그치지 않아. 물론 그 작업도 다 했어. 하지만 그는 내게 모델 이상의 존재야. 난 내가 그린 그림에 도대체 만족할 수 없다든지, 그의 아름다움을 예술로 표현할 수 없다든지 하는 말은 않겠어. 예술이 표현하지 못하는 것은 없으니까. 내가 도리언 그레이를 만난 이후 그린 작품은 훌륭해, 내 평생 최고의 작품이야. 그런데 좀 야릇한 방식으로—내 말 이해하겠나?—그의 인간성은 내게 전적으로 새로운 예술 양식, 새로운 스타일을 암시해 주었어. 나는 사물을 달리 보고, 달리 생각하게 된 거지. 나는 여태까지 내게 감추어졌던 방식으로 삶을 재창조 할 수 있게 된 거야. '사상이 중요한 시대에 형식에 대한 꿈'—그 말을 한 게 누구더라? 잊어버렸어. 하지만 그게 바로 도리언 그레이의 의미야. 이 청년의 그저 겉으로 보이는 모습—스무 살이 넘었다고는 하지만 그는 내게 한 청년으로만 보여—그의 겉으로 보이는 모습—아! 자네가 그 의미를 알지 모르겠어. 무의식적으로 그는 내게 새로운 학파, 낭만적 정신의 모든 열정과 그리스적인 정신의 모든 완벽함을 지닌 그런 학파의 윤곽을 보여 주고 있어. 영혼과 육체의 조화—그게 얼마나 대단한 건지! 우리는 광기 속에서 그 두 가지를 분리시키고 공허한 관념인 저속한 리얼리즘을 만들어냈지. 해리, 도리언 그레이가 내게 어떤 존재인지, 무슨 의미인지 자네가 알 수만 있다면! 자네 내 풍경화 기억하지? 애그뉴가 엄청난 대금을 치르겠다고 해도 내가 팔지 않으려고 했던 그림. 그 그림은 나의 최고작 가운데 하나야. 이유가 뭐냐고? 왜냐하면 그걸 그리는 동안 도리언 그레이가 내 옆에 앉아 있었거든. 어떤 미묘한 영향이 그에게서 내게 전해졌어. 나는 평생 처음으로 평범한 숲 속에서 경이로움을 봤던 거야. 늘 추구하면서도 늘 놓쳤던 그 경이로움 말이야."

"바질, 이거 엄청난 얘긴데! 도리언 그레이를 꼭 만나

봐야겠어."

홀워드는 의자에서 일어나 정원을 걸어 다녔다. 잠시 후 돌아와서 말했다.

"해리, 도리언 그레이는 나의 예술에 있어 동기가 된 것 뿐이야. 자네는 그에게서 아무것도 볼 수 없을걸. 나는 그에게서 굉장한 걸 보지만. 내 작품 속에서 그의 이미지를 찾아볼 수 없을 때 오히려 가장 깊이 깃들어 있을 수 있어. 그는 앞서 누누이 말했듯이 새로운 양식에 대한 하나의 암시 같은 존재야. 나는 어떤 선의 휘어짐 속에서, 어떤 색채의 아름다움과 미묘함 속에서 그를 발견하지. 그뿐이야."

"그런데 왜 그의 초상화를 전시하지 않겠다는 거야?"

헨리 경이 물었다.

"왜냐하면 뜻하지 않게 그 그림에, 도리언 그레이에게 굳이 말하고 싶지 않은 그 이상한 숭배의 마음을 너무 많이 쏟아 넣었기 때문이야. 그는 그 마음에 대해 아무것도 몰라. 앞으로도 모를 거고. 하지만 세상 사람들은 추측해 낼 거야. 난 사람들의 엿보는 듯한 천박한 시선에 내 영혼을 노출시키지 않을 거야. 내 심장이 그들의 현미경 아래 놓이는 일은 결코 없을 거야. 해리, 그 초상화에 내 자신이 너무 많이 들어가 있어. 지나칠 정도로 말이야!"

"시인들은 자네만큼 신중하지 않아. 그들은 열정이 출

판하는 데 매우 유용하다는 사실을 잘 알고 있어. 요즘은 상심한 마음을 다룬 시가 잘 팔리잖아."

"난 그래서 시가 싫어." 홀워드가 외쳤다. "예술가는 아름다운 것들을 창조해야 해. 자신의 삶을 작품에 집어넣어서는 안 되고. 우리는 예술이 자서전의 한 형식으로 간주되는 시대에 살고 있어. 우리는 미에 대한 추상적 의미를 잃어버린 거지. 언젠가 나는 세상에 그게 무엇인지 보여 줄 거야. 그런 이유로 난 도리언 그레이의 초상화를 세상에 내놓지 않을 거고."

"자네가 틀린 것 같은데, 바질. 하지만 자네와 논쟁하진 않겠어. 지적으로 혼란이 온 사람들이나 논쟁하는 법이야. 자, 말해보게. 도리언 그레이가 자넬 많이 좋아하나?"

화가는 잠시 생각해 보았다.

"좋아해."

그는 잠시 후 대답했다.

"그는 날 좋아해. 물론 내가 그의 비위를 상당히 맞춰주지. 그런 말을 한 것을 후회하게 될 거라는 걸 알면서도 그런 얘기를 해주는 게 이상하게 즐겁거든. 그는 대체로 내게 무척 잘해줘. 우리는 화실에 앉아 수천 가지 얘기를 한다네. 하지만 그는 때로 너무 생각이 없고 내게 고통을 주는 데서 진짜 기쁨을 얻는 것처럼 보이기도 해. 해리, 그럴 때면 나는 자기 코트를 장식할 꽃 정도, 자기 허영심을 채워줄 훈장 정도, 혹은 여름에 쓸 장신구 정도로 여기는 사람에게 온 영혼을 내주었다는 생각이 들어."

"바질, 여름에는 날이 좀 꾸물거리는 경향이 있어."

헨리 경이 중얼거렸다.

"아마 자네가 그 친구보다 먼저 싫증날지도 몰라. 생각하면 슬픈 일이지만, 천재성이 아름다움보다 오래 지속된다는 게 맞아. 그 때문에 우리는 교육을 받느라고 그 많은 수고를 하잖아. 존재를 위한 거친 투쟁 속에서 우리는 지속적인 뭔가를 갖고 싶어 하게 마련이고, 그러다 보니 자신의 위치를 지키기 위해 쓰레기와 사실들 같은 걸로 우리 정신을 채우지. 철저하게 교육 받은 사람이 현대의 이상이야. 그런데 철저하게 교육 받은 사람의 정신은 끔찍해. 온통 괴물과 먼지들뿐이고 모든 것이 적정 가격보다 높이 책정되어 있는 고물상과도 같아. 어쨌든 난 자네가 먼저 싫증낼 거라 생각해. 언젠가 자네는 그 친구를 바라보면서 자네 그림하고 뭔가 잘 맞지 않는다고 생각하게 될 거야. 아니면 그의 색깔이나 뭐 그런 게 마음에 들지 않게 될 거라고. 자네는 마음속으로 그를 통렬하게 비난하게 되고 자네에게 못되게 굴었다고 생각하게 될 거야. 다음에 그가 방문하면 아마 그를 무척 냉정하고 무심하게 대하게 될 걸. 참으로 안된 일이야. 그 일로 자네가 변할 테니까. 자네가 내게 해준 얘기는 정말 로맨스지. 아마 예술의 로맨스라고 부를 수 있을 거야. 어떤 종류건 로맨스가 끝났을 때 가장 나쁜 점은 사람을 정말 로맨틱하지 않게 만들어버린다는 거야."

"해리, 그런 식으로 말하지 마. 내가 살아 있는 한 도리언 그레이의 품성이 나를 지배할 거야. 자네는 내가 뭘 느끼는지 알지 못해. 자네는 너무 자주 변하니까."

"아, 여보게 바질, 바로 그 때문에 난 자네 느낌이 어떤 건지 잘 알아. 변하지 않는 충실한 사람들은 사랑의 사소한 면만 알 뿐이고, 사랑의 비극을 아는 건 충실하지 못한 사람들이거든."

그리고 헨리 경은 그 한 구절에 세상을 요약이라도 한 것처럼, 고상한 은색 라이터로 불을 붙이면서 자의식이 강해보이는 만족스러운 태도로 담배를 피우기 시작했다. 재잘대는 참새들이 푸른 담쟁이 속에서 바스락거리고, 푸른 구름의 그림자가 제비처럼 잔디밭을 가로질러 갔다. 정원에 나와 있는 건 얼마나 유쾌한가! 그리고 다른 사람들의 감정이란 얼마나 즐거운 것인가! ㅡ그에겐 자신의 감정보다 남들의 감정이 훨씬 더 즐거운 것 같았다. 자기 자신의 영혼과 친구들의 열정—이것이야말로 인생에서 가장 매혹적인 것이다. 그는 말없는 즐거움 속에서 바질 홀워드와 오래 머문 탓에 놓쳐버린 지루한 점심 식사를 머릿속으로 그려보았다. 그가 숙모님 댁에 갔더라면 틀림없이 굿바디 경을 만났을 것이고 대화는 전적으로 가난한 사람들을 먹여 살리는 일과 훌륭한 하숙집의 필요성에 관한 것이었을 것이다. 각 계급 사람들이 자기네 삶과 무관한 미덕의 중요성을 주장하고 있었을 것이다. 부자들은 근검절약의 가치에 대해 이야기했을 것이고, 게으른 자들은 노동의 위엄에 대해 열변을 토했을 것이다. 그런 것들 모두를 피할 수 있었다니 너무 좋았다. 그가 숙모 생각을 하자 어떤 생각이 갑자기 떠올랐다. 그는 홀워드에게 돌아서서 말했다. “이보게, 나 막 기억이 났어.”

“무슨 기억?”

“어디서 도리언 그레이라는 이름을 들었는지.”

“어디서 들었는데?” 바질이 미간을 약간 찌푸리면서 물었다.

“그런 화난 표정 짓지 말게, 바질. 그건 숙모 애거사 부인 댁에서였어. 숙모님은 이스트엔드에서 자신을 돕게 될 훌륭한 젊은이를 찾아냈다고 말씀하셨어. 그의 이름이 도리언 그레이였지. 숙모님은 그가 잘생겼다는 말씀은 전혀 하지 않으시던데. 여성들, 최소한 훌륭한 여성들은 잘생긴 용모를 제대로 평가하지 못한다니까. 숙모님은 그 친구가 무척 진지하고 아름다운 성품을 가졌다고 말씀하셨어. 난 그 즉시 큼직한 발로 터벅터벅 걸어 다니는 생머리에 주근깨투성이인 안경잡이를 떠올렸는데. 그 사람이 자네 친구란 걸 알았으면 좋았을 텐데."

"몰랐던 게 다행인데, 해리."

"왜?"

"난 자네가 그를 만나지 않았으면 좋겠어."

"만나지 않았으면 좋겠다고?"

"그래."

"주인님, 화실에 도리언 그레이 씨가 와 계십니다."

집사가 정원으로 나오며 말했다.

"자네 꼼짝없이 소개해 줘야겠구먼."

헨리 경이 웃으며 외쳤다.

화가는 햇빛에 눈을 깜박이고 서 있는 하인에게 돌아섰다.

"파커, 그레이 씨에게 기다리라고 해, 곧 들어갈 테니."

하인은 가볍게 인사를 하고 돌아갔다.

그러자 그는 헨리 경을 바라보았다.

"도리언 그레이는 내 소중한 친구야. 그는 단순하고 아름다운 성품을 지녔어. 자네 숙모님이 말씀하신 게 모두 맞아. 그를 망쳐놓지 말게. 그에게 영향을 주려고 하지 말게. 자네의 영향은 나쁠 거야. 세상은 넓고 놀라운 사람들도 많이 있어. 유일하게 내 예술에 마법을 불어넣어 준 그 사람을 내게서 빼앗아가지 말게. 예술가로서의 나의 삶은 그에게 달려 있어. 해리, 명심하게. 나 자네를 믿겠어."

그는 매우 천천히 말했다. 그는 억지로 그 말을 하는 것 같았다.

"그런 말이 어디 있어!" 헨리 경이 미소를 지으며 말했다. 그러고는 홀워드의 팔을 잡고 자기가 앞장서서 집 안으로 들어갔다.

2장

안으로 들어가자 도리언 그레이가 보였다. 그는 그들에게 등을 돌린 채 슈만의 〈숲의 정경〉의 악보를 넘기며 피아노 앞에 앉아 있었다.

"바질, 이 악보 좀 빌려 주세요."

그가 외쳤다.

"이 음악 배우고 싶어요. 너무나 매혹적이에요."

"도리언, 그건 자네가 오늘 모델 노릇을 얼마나 잘하느냐에 달려 있어."

"아, 모델 노릇 하는 데 질렸어요. 초상화의 모델 같은 것 하고 싶지 않아요."

청년은 고집 세고 까다로운 태도로 피아노 의자에서 몸을 홱 돌리며 대답했다. 그는 헨리 경을 보자 얼굴이 잠시 붉어졌다. 그는 벌떡 일어났다.

"바질, 미안해요. 누가 함께 계신 줄 몰랐어요."

"도리언, 이쪽은 내 옥스퍼드 동창 헨리 워턴 경이야. 자네가 얼마나 훌륭한 모델인가 얘기하고 있었는데, 자네가 다 망쳐 놨어."

"그래도 당신을 만나 기쁜 내 마음은 망치지 않았어요,

그레이 씨.” 헨리 경이 걸어오며 손을 내밀었다.

“숙모님이 종종 당신 얘기를 하셨지요. 숙모님이 가장 총애하는 분 같던데. 숙모님에게 잡혔다고 해야 하나.”

“전 지금 애거사 부인의 블랙리스트에 들어가 있는데요.” 도리언이 우스꽝스러운 참회의 표정을 지으며 대답했다. “지난 화요일 부인과 화이트채플[3]의 클럽에 가기로 약속해 놓고 깜빡 잊어버렸어요. 함께 이중주 연주를 하기로 되어 있었는데, 아마 세 차례 연주였을 거예요. 부인께서 뭐라 하실지 모르겠고, 정말 너무 두려워서 찾아뵙지도 못하고 있어요.”

“아, 내가 숙모님과 화해하도록 돕지요. 숙모님은 당신을 무척 좋아해요. 당신이 참석하지 않았다 해도 별 문제가 되지 않을 겁니다. 청중은 아마 그게 이중주라고 생각했을 거예요. 애거사 숙모님이 피아노 앞에 한번 앉으시면 두 사람이 내기에 충분한 소음을 만들어내니까요.”

“너무 심하신 말씀인데요. 그렇다고 제 마음이 편해지지도 않구요.”

도리언이 웃으며 대답했다.

3) 화이트채플(White Chapel) : 런던 이스트엔드의 빈민가.

헨리 경은 그를 바라보았다. 그렇다. 그는 확실히 놀라울 정도로 잘생긴 청년이었다. 섬세하게 곡선을 이루는 붉은 입술, 솔직한 푸른 눈, 금발의 곱슬머리. 그의 얼굴에는 그를 당장 신뢰하게 만드는 뭔가가 있었다. 그에게는 젊은이의 열정적인 순수뿐 아니라 청춘의 솔직함이 있었다. 그는 세상으로부터 오염되지 않은 것 같은 존재였다. 바질 홀워드가 그를 숭배한다는 게 놀라운 일이 아니었다.

"당신은 박애주의자가 되기엔 너무 매력적인데요, 그레이 씨. 지나치게 매력적이에요." 헨리 경은 소파에 털썩 몸을 던지고는 담배 케이스를 열었다.

화가는 물감을 섞고 붓을 준비하느라고 바빴다. 그는 걱정스러운 표정이었고 헨리 경이 한 말을 듣자 그를 쳐다보다가 잠시 머뭇거리면서 말을 꺼냈다.

"해리, 오늘 이 그림 끝냈으면 좋겠는데. 자네에게 좀 가달라고 말하면 너무 무례할까?"

헨리 경은 미소를 지으며 도리언 그레이를 쳐다보았다.

"나 갈까요, 그레이 씨?"

"아, 가지 마세요, 헨리 경. 바질이 기분이 좀 언짢은가 봐요. 바질이 언짢을 때면 대하기가 힘들어요. 게다가 왜

제가 박애주의에 맞지 않는지 말씀을 듣고 싶은데요."

"그레이 씨, 그 얘기를 해야 될지 잘 모르겠어요. 너무 지루한 주제라 심각하게 얘기해야 할 거예요. 당신이 있어 달라고 청했으니 도망치지 않겠습니다. 바질, 그래도 되지? 자네도 모델이 누군가 대화를 나눌 사람이 있으면 좋겠다고 말하곤 했잖아."

홀워드는 입술을 깨물었다.

"도리언이 원한다면 물론 함께 있어도 좋아. 도리언의 변덕은 다른 사람들에게 곧 법이니까."

헨리 경은 모자와 장갑을 집어 들었다.

"바질, 자네가 간절히 원해도 난 그만 가봐야겠어. 오를레앙에서 누굴 만나기로 약속이 되어 있거든. 그레이 씨, 그럼 이만 가보겠습니다. 언제 오후에 커즌 거리의 집으로 한번 오세요. 5시경이면 늘 집에 있습니다. 오실 때 연락 주세요. 찾아왔을 때 아무도 없으면 무척 서운할 테니까요."

"바질, 헨리 워턴 경이 가시면, 나도 갈래요."

도리언 그레이가 외쳤다.

"당신은 그림 그리는 동안은 입을 열지도 않잖아요. 즐거운 표정 지으려고 애쓰면서 연단에 서 있는 게 얼마나 지루한지 알아요? 여기 계시라고 얘기해 주세요. 정말이에요."

"해리, 도리언을 위해 그리고 나를 위해 좀 더 있어주게."

홀워드가 그림을 열심히 응시하며 말했다.

"정말이야. 나는 작업할 때 말을 하지 않아. 듣지도 않고. 내 불쌍한 모델에겐 너무나도 지루한 일일 거야. 좀 있어 주게."

"오를레앙에서 기다리는 사람은 어쩌고?"

화가가 웃었다.

"그거 별 문제 안 된다고 생각되는데. 해리, 다시 앉게. 자, 도리언, 연단에 올라가지. 그리고 너무 움직이지 말고, 헨리 경이 하는 말에 너무 신경 쓰지도 말게. 그는 모든 친구들에게 아주 나쁜 영향을 미치거든. 나만 빼놓고 말이야."

도리언 그레이는 그리스의 젊은 순교자 같은 태도로 연단 위에 올라섰다. 그리고는 갑자기 좋아진 헨리 경에게 몇 가지 불만을 더 토로했다. 그는 바질과 달랐다. 그들은 재미있는 대조를 이루고 있었다. 그리고 그는 무척 아름다운 목소리를 지니고 있었다. 잠시 후 그가 물었다.

"헨리 경, 당신은 정말 나쁜 영향을 미치나요? 바질 말처럼 그런 나쁜 영향이요?"

"그레이 씨, 좋은 영향이란 건 없어요. 모든 영향이 다 부도덕하지요. 과학적 관점에서 볼 때 부도덕하다는 얘기예요."

"어째서요?"

"왜냐하면 누군가에게 영향을 준다는 것은 그에게 자신의 영혼을 부과하는 거니까요. 그렇게 되면 그 사람은 자신의 타고난 생각을 사유하는 게 아니고 자신의 타고난 열정을 태우는 게 아니지요. 그의 미덕은 진정한 자기 것이 못 되고, 그의 죄악은—죄악이란 게 있다면—빌린 것이 되고요. 그 사람은 다른 사람의 음악의 메아리일 뿐이고, 자신을 위한 각본이 아닌데 그 역할을 대신하는 배우일 뿐이지요. 인생의 목표는 자기 발전, 즉 자신의 본성을 완벽하게 구현하는 것이고, 또 이것이 바로 우리가 세상에 존재하는 이유예요. 요즘 사람들은 자기 자신을 두려워하지요. 사람들은 모든 의무 가운데 가장 중요한 자신에 대한 의무를 잊어버리고 있어요. 물론 사람들은 자비심이 많지요. 배고픈 사람들을 먹이고 거지들에게 옷도 입혀요. 하지만 그들 자신의 영혼은 굶주리고 있고 또 벌거벗고 있지요. 인류에게서 용기가 사라져 버렸어요. 아마 우리는 용기를 제대로 가진 적이 없었을 거예요. 도덕의 토대가 되는 건 사회에 대한 공포고, 종교의 비밀은 신에 대한 공포인데, 이것들이 우리를 지배하는 두 가지 요소지요. 하지만…"

"도리언, 오른쪽으로 고개를 약간 돌려 주겠어?"

자신의 작품에 깊이 몰입되어 그 청년의 얼굴에 전에는 전혀 보지 못했던 어떤 표정이 나타났다는 사실만 어렴풋이 의식한 화가가 말했다.

"하지만…"

헨리 경이 그의 나지막한 음악 같은 목소리로 이튼 시절부터 그를 따라다닌 특유의 우아한 손동작을 하며 말을 계속했다.

"사람이 자신의 삶을 충실하고 완벽하게 살아간다면, 모든 감정에 형식을 부여하고, 모든 사고에 표현을 부여하고, 모든 꿈에 현실성을 부여하게 된다면, 이 세상은 신선한 기쁨의 충동을 갖게 될 거라고 생각해요. 그래서 우리 모두 중세주의의 질병을 잊고 헬레니즘의 이상ㅡ아마도 헬레니즘의 이상보다 더 훌륭하고 풍요로운 것ㅡ으로 돌아가게 될지도 모르지요. 하지만 우리 중 가장 용감한 사람도 자신을 두려워해요. 야만인의 풍습인 자기 신체 훼손이 삶을 망치는 자기부정이라는 비극적 형태로 우리 시대에 남아 있는 거라고 볼 수 있겠지요. 우리는 그 자기부정 때문에 벌 받고 있어요. 우리가 질식시켜 버리려고 하는 모든 충동이 마음속에 여전히 남아 독을 퍼뜨리지요. 육체는 한번 죄를 지으면 더 이상 죄를 짓지 않아요. 행동은 일종의 정화작용이니까요. 그러면 단지 기쁨의 추억이나 회한이라는 사치만이 남게 됩니다. 유혹을 벗어버리는 유일한 길은 그 유혹에 빠져버리는 거예요. 한번 저항해봐요. 그러면 당신의 영혼은 스스로 금지한 그것을 갈망하고, 끔찍한 법칙이 끔찍한 불법으로 규정해 버린 그것을 동경하다가 병들고 말 겁니다. 세상의 위대한 사건은 사람의 머릿속에서 일어났다고들 하지요. 세상의 엄청난 죄악이 일어나는 것 또한 머릿속, 오로지 머릿속이에요. 그레이 씨, 당신도 붉은 장밋빛 청춘과 흰 장밋빛 순수함과 함께, 당신을 두렵게 만드는 열정, 그리고 당신을 공포에 휩싸이게 하는 사념, 기억만 해도 수치심에 얼굴이 붉게 물드는 백일몽과 꿈, 이런 것들을 갖고 있잖아요…."

"그만!"

도리언 그레이가 비틀거렸다.

"그만 해요! 당신은 나를 혼란스럽게 만드는군요. 무슨 말을 해야 할지 모르겠어요. 뭔가 당신에게 할 말이 있을 텐데, 못 찾겠어요. 아무 말도 하지 마세요, 생각 좀 해보게. 아니면 차라리 생각을 아예 안 하도록 그냥 놔두세요."

거의 10분간 그는 입술을 벌리고 눈에는 이상한 광채를 띠고 꼼짝도 않고 그렇게 서 있었다. 그는 전적으로 새로운 영향이 내부에서 작용하고 있다는 걸 희미하게 의식하고 있었다. 그러나 그 영향은 정말이지 그의 내부로부터 나온 것 같았다. 바질의 친구가 자신에게 해준 몇 마디 말이－약간의 고의적인 역설과 함께 우연히 내뱉은 말이 틀림없는데－여태까지 건드린 적이 전혀 없는 어떤 은밀한 내면의 선(線)을 건드려, 이제 이상한 흥분으로 전율하며 요동치는 느낌이 전해져 오고 있었다.

음악이 그를 그처럼 흔들어놓은 적이 있었다. 음악은 그를 수없이 어지럽혔다. 하지만 음악은 분명하지가 않았다. 음악은 새로운 세계라기보다는 우리 내부에 창조된 또 다른 혼돈이라고 할 수 있었다. 그런데 말이란! 그저 말일 뿐인데! 너무 끔찍했다. 너무도 분명하고 생생하고 또 잔인했다! 말은 도대체 벗어날 수가 없었다. 말에는 너무도 미묘한 마법이 담겨 있었다. 말은 무형의 것들에 조형성을 부여하고 비올라나 현금의 선율처럼 감미로운 나름의 음악성도 지닐 수 있는 것 같았다. 그저 말일 뿐인데! 말처럼 그렇게 실재적인 것이 또 있을까?

그렇다. 소년시절 그가 이해하지 못한 것들이 있었는데, 지금 이해하게 되었다. 삶이 갑자기 타오르는 색으로 변해버렸다. 그는 불 속을 걷고 있었던 것 같았다. 그런데 왜 그 사실을 여태 몰랐을까?

헨리 경은 묘한 미소를 지으며 그를 바라보았다. 그는 침묵을 지켜야 할 정확한 심리적 순간을 파악하고 있었다. 그는 강렬한 흥미를 느꼈다. 그는 자신이 한 말에 청년이 갑자기 영향을 받는 데 놀라고 있었다. 그리고 열여섯 살 때 읽었던 책, 전에 전혀 알지 못했던 많은 것을 그에게 드러내 보였던 그 책을 기억하며, 도리언 그레이도 비슷한 경험을 하고 있는 건지 궁금해 했다. 그는 공중에 대고 화살을 쏘았을 뿐인데 과녁을 제대로 맞혔다는 건가? 청년은 너무도 매혹적이었다.

홀워드는 도리언의 초상에 경이로운 대담한 터치를 가했는데, 힘에서 나오는 진정한 세련됨과 완벽한 우아함을 부여하는 것이었다. 그는 주변에 흐르는 침묵에 대해선 전혀 의식하지 못하고 있었다.

"바질, 미안해요. 서 있는 데 지쳤어요." 도리언 그레이가 갑자기 소리쳤다. "정원으로 나가 좀 앉고 싶어요. 여기 공기가 너무 답답해요."

"자네, 미안하군. 그림 그릴 때는 딴 생각을 못하거든. 하지만 자네는 모델 역할을 너무 잘했어. 정말 꼼짝도 않고 있어서 내가 원하던 효과-반쯤 벌어진 입술, 눈의 광

채―를 포착할 수 있었어. 해리가 자네에게 무슨 말을 했는지 몰라도 가장 훌륭한 표정을 짓게 만든 건 확실해. 내 생각에 해리가 찬사를 보내고 있었던 것 같은데. 그가 하는 말은 하나도 믿지 말게."

"찬사를 보낸 건 확실히 아니에요. 그래서 그가 한 말을 하나도 믿지 못하겠는데요."

"내가 한 말을 모두 믿고 있으면서."

헨리 경이 꿈꾸듯이 나른한 눈으로 그를 바라보며 말했다.

"나도 정원으로 나가야겠어요. 화실 안이 너무 더워서. 바질, 찬 음료수를 마셨으면 좋겠어. 딸기가 들어간 걸로."

"그러지, 해리. 벨 좀 눌러 주겠어? 파커가 오면 자네가 원하는 걸 준비하라고 할게. 난 여기 배경 그림을 좀 마무리해야 하니 조금 후에 따라 나갈게. 도리언을 너무 오래 잡아두지 말게. 난 오늘처럼 그림이 잘 그려진 적이 없어. 이 작품은 내 최고작이 될 거야. 현 상태로도 최고작이고."

헨리 경은 정원으로 나가 도리언 그레이가 시원한 라일락 꽃송이에 얼굴을 파묻고 마치 포도주라도 마시듯 그 향기를 열심히 들이마시고 있는 것을 보았다. 그는 다가가서 그의 어깨에 손을 얹었다. "그거 아주 잘하는 거예요.” 그가 중얼거렸다. “영혼 말고는 감각을 치유해 줄 수 없는 것처럼, 감각 말고는 영혼을 치유해 줄 수 있는 게 없으니까.”

청년은 놀라 뒤로 물러섰다. 그는 모자를 쓰지 않고 있었고 나뭇잎들이 그의 야성적인 곱슬머리를 흔들어 금발 머리를 헝클어놓았다. 그의 눈에는 공포가 어려 있었다. 사람들이 갑자기 잠을 깼을 때 짓는 그런 표정이었다. 섬세하게 조각된 것 같은 그의 콧구멍이 떨리고 있었고 그의 선홍색 입술이 경련을 일으키고 있었다.

“그래요.” 헨리 경이 계속했다. “감각으로 영혼을 치유하는 것, 그것이야말로 삶의 위대한 비밀이지요. 당신은 놀라운 존재예요. 당신은 안다고 생각하는 것보다 더 많은 걸 알고 있어요. 알고 싶어 하는 것보다는 아는 게 별로 없는 것처럼.”

도리언 그레이는 인상을 쓰고 고개를 돌려버렸다. 그는 옆에 서 있는 키가 크고 우아한 이 남자를 좋아하지 않을 수 없었다. 낭만적인 올리브색의 얼굴과 지친 듯한 표정이 그의 관심을 끌었다. 그의 나지막한 나른한 목소리도 뭔가 매혹적이었고, 차디찬 하얀 꽃 같은 그의 손조차 이상한 매력이 있었다. 그는 말하면서 손을 움직였는데 마치 손의 언어가 있는 것 같았다. 하지만 그는 그가 두려웠고, 두려워한다는 사실이 또 두려웠다. 어떻게 낯선 사람이 자신의 숨겨져 있던 모습을 처음으로 볼 수 있게 해 준단 말인가. 바질 홀워드는 몇 달 전부터 알고 지냈지만 그들의 우정으로 인해 자기가 변한 건 전혀 없었다. 그런데 갑자기 누군가가 나타나 자신의 삶의 신비로움을 드러내 보여 주는 것 같았다. 하지만 두려워할 게 무엇이란 말인가? 어린아이도 아닌데 겁을 먹다니!

“가서 그늘에 좀 앉을까요?” 헨리 경이 말했다. “파커가 마실 것을 내올 겁니다. 이글거리는 빛 속에 노출되어 있으면 당신은 엉망이 될 거고 그러면 바질이 다시는 당신을 그리려고 하지 않을걸요. 당신은 태양에 그을리면 안 되지요. 어울리지 않아요.”

“그을리건 말건 문제가 되나요?”

정원 가장자리에 놓인 의자에 앉으면서 도리언 그레이가 웃으며 외쳤다.

“그레이 씨, 큰 문제가 되지요.”

“왜 그렇지요?”

“왜냐하면 당신은 가장 훌륭한 청춘을 지녔기 때문이지요. 그리고 청춘이야말로 유일하게 가질 만한 가치가 있는 것이고.”

“헨리 경, 전 그런 거 못 느낍니다.”

"물론, 지금은 못 느낄 겁니다. 언젠가 당신이 나이가 들어 주름이 생기고 추해지면, 사념이란 것이 당신의 이마에 주름을 새겨 넣고 열정이 그 흉측한 불길로 당신의 입술에 낙인을 찍으면, 그때 당신은 그걸 느끼게 될 겁니다. 처절하게 느끼게 되지요. 자, 당신은 어딜 가든지 간에 세상을 매혹시킬 겁니다. 늘 그럴까요…? 그레이 씨, 당신은 너무도 아름다운 얼굴을 가졌어요. 인상 쓰지 마세요. 정말 그렇다니까요. 그리고 아름다움이란 일종의 천재성이에요. 설명이 필요 없기에 정말로 천재성보다 더 우월한 것이지요. 아름다움은 햇빛이나 봄이나, 혹은 우리가 달이라 부르는 은빛 조개가 어두운 수로에 비친 모습처럼, 세상에 당연히 받아들여지는 위대한 것들 가운데 하나예요. 아름다움은 의심의 여지가 없어요. 아름다움은 나름의 신성한 주권을 갖고 있어요. 아름다움은 그것을 지닌 사람들을 왕자로 만들지요. 지금 웃었나요? 아! 당신은 아름다움을 잃게 되면, 더 이상 웃지 못할 겁니다…. 사람들은 아름다움이 피상적인 것에 불과하다고 말하곤 하지요. 아마 그럴지도 모르지요. 하지만 최소한 사념만큼 그렇게 피상적인 건 아닙니다. 내게 아름다움이란 경이 중의 경이예요. 외모를 보고 판단하지 않는 사람들은 얄팍한 사람들이지요. 세상의 진정한 신비는 보이지 않는 것이 아니라 눈에 보이는 것들입니다…. 그래요, 그레이 씨. 신들은 당신에게 관대했어요. 하지만 신들은 주었던 것을 빨리 빼앗아가 버립니다. 당신은 정말로 완벽하게 그리고 충실하게 살아갈 시간이 고작 몇 년밖에 남지 않았어요. 당신의 청춘이 가버릴 때, 당신의 아름다움도 함께 사라지고, 그러면 당신은 더 이상 승리가 남아 있지 않다는 걸 깨닫게 되거나, 아니면 오히려 과거에 대한 추억에 비추어 너무 초라한 승리이기 때문에 차라리 패배한 것이 낫다고 생각될 보잘것없는 승리들에 만족하는 수밖에 없겠지요. 청춘이 기우는 동안 당신은 점점 끔찍한 뭔가에 다가가게 되지요. 시간은 당신을 질투하고, 당신의 백합과 당신의 장미와 전쟁을 벌여요. 당신은 안색이 나빠지고 뺨은 움푹 파이고 눈은 흐리멍덩해질 겁니다. 당신은 굉장히 고통을 겪게 되겠지요…. 아! 청춘을 지니고 있을 때 그 청춘을 실현시키도록 하세요. 지루한 얘기에 귀 기울이지 말고, 희망도 없는 실패를 개선하려고 애쓰지도 말고, 무지하고 진부하고 저속한 자들에게 당신의 인생을 내주려고 하면서 당신의 황금시절을 낭비해 버리지 마세요. 이런 것들은 우리 시대의 병든 목적이고 거짓 이상입니다. 제대로 살도록 해요! 당신에게 내재된 경이로운 삶을 살아야 해요! 늘 새로운 감각을 추구하도록 해요. 아무것도 두려워하지 말고…. 새로운 쾌락주의[4]—그것이야말로 우리 시대가 원하는 것이에요. 당신은 그것의 상징이라고 할 수 있어요. 당신의 성품으로 못 해낼 것이 없어요. 세상은 한동안은 당신 것이에요…. 당신을 만난 순간 난 당신이 스스로가 진정으로 어떤 존재인지, 당신이 진정으로 어떤 존재가 될 수 있는지 전혀 의식하지 못하고 있다는 걸 알았어요. 당신은 나를 매혹시키는 너무나 많은 걸 지니고 있어요. 그래서 난 당신에게 그 진실을 꼭 말해 주어야 한다고 느꼈던 거지요. 나는 당신이 그냥 낭비되는 건 너무 큰 비극이라고 생각했어요. 당신의 청춘이 유지될 시간은 너무도 짧으니까요. 들풀은 시들고는 다시 피어나지요. 등꽃은 내년 6월이면 지금처럼 노랗게 피어나겠지요. 한 달 후면 미나리아재비가 보랏빛 꽃을 피울 것이고 매년 그 푸른 잎은 보랏빛 꽃을 받쳐주겠지요. 하지만 우리는 청춘을 되찾을 수가 없어요. 스무 살에 우리 내부에서 뛰던 기쁨의 박동은 느려지게 되지요. 우리의 팔다리는 늘

4) 쾌락주의(hedonism) : 쾌락을 인간 행위의 궁극적 목적이자 도덕적 기준으로 삼고, 행복을 추구하는 것을 선으로 주장하는 사상이다. 인생의 목표를 행복으로 삼고, 행복은 쾌락을 추구하는 데서 달성된다고 믿으며 현재의 감각적인 쾌락을 강조한다.

어지고 감각도 무뎌져요. 우리는 너무나 두려운 옛 열정과 우리가 차마 굴복할 용기를 갖지 못했던 미묘한 유혹의 추억에 시달리면서 점차 흉측한 꼭두각시로 쇠퇴하게 되지요. 청춘! 청춘! 세상에는 오로지 청춘만이 존재합니다!"

도리언 그레이는 눈을 크게 뜨고 의아해하며 귀를 기울였다. 라일락 가지가 그의 손에서 자갈밭으로 떨어졌다. 털투성이 벌 한 마리가 다가와 잠시 그 주변에서 윙윙거리다가 별 모양 꽃들이 붙어 있는 타원형의 꽃송이를 기어오르기 시작했다. 뭔가 중요한 것이 우리를 두렵게 할 때, 또는 뭔가 새로운 감정에 휩싸이는데 뭐라 표현할 방법을 찾을 수 없을 때, 또는 우리를 두렵게 하는 어떤 사념이 갑자기 두뇌를 포위 공격하며 항복할 것을 요구할 때, 우리는 사소한 것에 이상하게 관심을 보이곤 하는데, 마치 그런 경우처럼 그도 벌을 유심히 바라보고 있었다. 잠시 후 벌은 날아가 버렸다. 그는 벌이 메꽃의 얼룩진 나팔 모양의 꽃잎 위로 기어가는 걸 바라보았다. 메꽃은 부르르 떠는 것 같더니 이리저리 천천히 흔들렸다.

갑자기 화가가 화실 문에 나타나 그들에게 까딱까딱 들어오라는 신호를 했다. 그들은 서로 마주보며 미소 지었다.

"나 기다리고 있네."

바질이 외쳤다.

"들어오지. 지금 빛이 완벽한데. 마시던 것 갖고 들어와도 돼."

그들은 일어나서 자갈길을 따라 천천히 걸었다. 두 마리의 푸르고 하얀 나비들이 펄럭이며 지나갔고, 정원 한구석의 배나무에서 지빠귀가 노래하기 시작했다.

"그레이 씨, 나를 만난 게 기쁘지요?"

헨리 경이 그를 바라보며 말했다.

"네, 지금은 기뻐요. 그런데 항상 그럴지는 모르겠는데요."

"항상! 그거 끔찍한 단어예요. 그 단어 들으니 온몸이 떨리네요. 여자들은 그 단어를 너무 즐겨 쓰지요. 여자들은 영원히 계속되는 걸 추구하기 때문에 로맨스를 망치고 말지요. 그건 의미 없는 단어이기도 해요. 변덕과 평생 가는 열정의 차이는 변덕이 좀 더 길게 지속된다는 것뿐이니까요."

그들이 화실에 들어설 때 도리언 그레이는 헨리 경의 팔에 손을 얹었다.

"그렇다면 우리의 우정은 그저 변덕으로 놔두지요."

그는 자신의 대담함에 얼굴이 빨개진 채 중얼거리며

연단에 올라 다시 포즈를 취했다.

헨리 경은 커다란 버드나무 안락의자에 몸을 던지고 그를 바라보았다. 화폭 위의 빠르고도 거침없는 붓놀림만이 정적을 깨는 유일한 소리였다. 이따금 홀워드가 자기 그림을 멀찌감치 떨어져 보려고 뒤로 물러나는 소리를 제외하고. 열린 문을 통해 흘러들어오는 비스듬한 햇살 속에서 먼지가 황금빛으로 춤추고 있었다. 짙은 장미 향기가 사방에 내려앉는 듯했다.

15분 정도 지난 후 홀워드는 붓을 멈추고 인상을 쓴 채 큰 붓의 한쪽 끝을 씹으면서 한동안 도리언 그레이를 바라보고 그 다음 그림을 또 한동안 바라보았다.

"다 끝났어."

마침내 그가 소리쳤다. 그리고 몸을 굽히면서 자신의 이름을 캔버스의 왼쪽 구석에 길게 주홍빛으로 써넣었다.

헨리 경이 다가와 그림을 관찰했다. 확실히 놀라운 예술작품이었고, 또한 놀라울 정도로 닮아 있었다.

"이봐 바질, 진심으로 축하하네. 이 그림은 현대의 최고의 초상화야. 그레이 씨, 와서 한번 보시지요."

청년이 꿈에서 깨어나듯 깜짝 놀랐다.

"정말 완성되었습니까?" 그가 연단에서 내려오며 중얼거렸다.

"다 완성되었어." 화가가 말했다. "그리고 자네는 오늘 정말 훌륭한 모델이었어. 정말 고맙네."

"전적으로 내 덕분이지. 안 그런가요, 그레이 씨?" 헨리 경이 불쑥 끼어들었다.

도리언은 아무런 대답도 하지 않았다. 그는 그림 앞을 힘없이 지나치더니 다시 돌아섰다. 그는 그림을 보자 뒤로 물러났다. 그의 뺨은 잠시 기쁨으로 붉게 물들었다. 처음으로 자신의 모습을 본 것처럼 그의 눈에 기쁜 표정이 감돌았다. 그는 경이로움에 사로잡혀 꼼짝도 않고 서서 무슨 말인지 몰라도 홀워드가 자신에게 뭔가 말하고 있다는 것만 희미하게 의식하고 있었다. 자신의 아름다움에 대한 인식이 계시처럼 그에게 다가왔다. 그는 전에는 이런 느낌을 가져본 적이 없었다. 그에게 바질 홀워드의 찬사는 그저 멋지게 과장된 우정의 표현으로만 생각되었다. 그는 그 말을 듣고는 웃어버리고 잊어버렸다. 그의 찬사는 그의 본성에 영향을 미치지 못했다. 그러다 헨리 워턴이 나타나 이상한 청춘 예찬과 청춘의 덧없음에 대한 끔찍한 경고를 늘어놓았다. 그의 말은 그를 동요시켰다. 그리고 지금 자신의 아름다움이 반영된 초상화를 보고 있자니 그 말이 너무나 실감이 났다. 그렇다. 언젠가 그의 얼굴이 주름지고 시들고 눈이 희미해지고 색도 바래고 우아한 체

격이 흉해지는 날이 올 것이다. 입술의 붉은빛이 사라지고 머리카락의 황금빛도 사라질 것이다. 그의 영혼을 형성해 주는 그런 삶이 그의 육체를 망치게 될 것이다. 그는 끔찍하고 흉측하고 투박한 모습으로 변할 것이다.

그런 생각을 하자, 칼로 찌르는 듯한 예리한 고통이 엄습해서 그의 타고난 섬세한 몸 구석구석을 덜덜 떨리게 만들었다. 그의 눈이 석영처럼 퀭해지고 눈물이 날 것만 같았다. 얼음으로 된 손이 그의 심장을 붙잡는 것만 같았다.

"왜, 그림이 마음에 안 드나?"

무슨 영문인지 전혀 몰라 청년의 침묵에 다소 마음이 상한 홀워드가 외쳤다.

"물론 마음에 들지." 헨리 경이 말했다. "누가 그 그림을 싫어할 수 있겠나! 현대 예술의 최고작인데. 내게 그림을 주면 자네가 원하는 건 뭐든지 다 주겠어. 내게 꼭 넘기게."

"해리, 이 그림은 내 소유가 아니야."

"그럼 누구 거지?"

"물론 도리언 거지."

화가가 대답했다.

"저 친구 정말 행운아군."

"얼마나 슬픈 일인가요!" 도리언 그레이가 자신의 초

상화에 여전히 시선을 고정한 채 중얼거렸다.

“정말 슬픈 일이에요! 나는 늙고 끔찍하고 흉해지는데 이 초상화는 영원히 젊은 모습으로 남아 있겠지요. 이 그림은 오늘 6월의 이날로부터 전혀 나이가 들지 않을 거란 말입니다…. 그 반대면 얼마나 좋을까요! 내가 늘 젊은 상태로 남아 있고, 초상화가 대신 늙어간다면 얼마나 좋을까요! 그걸 위해서라면－정말 그걸 위해서라면－난 무엇이든 다 줄 수 있어요! 그래요, 이 세상에 내가 주지 못할 게 없어요! 그걸 위해서라면 내 영혼을 내줄 거예요!”

“바질, 자네는 그렇게 되는 게 싫겠지. 자네 작품에는 불행한 일이 될 테니까.”

헨리 경이 웃으며 외쳤다.

“해리, 나로선 당연히 반대해야겠지.”

홀워드가 말했다.

도리언 그레이가 돌아서서 그를 바라보았다.

“당신은 반대하겠지요, 바질. 당신은 친구보다 당신의 예술을 더 좋아하니까. 나는 당신에게 녹색의 청동으로 만든 형체에 불과하겠지요. 아마 그만도 못할 거예요.”

화가는 놀라서 그를 쳐다보았다. 그런 식으로 말하다니 평소의 도리언 답지 않았다. 무슨 일이 일어난 것일까? 그는 무척 화가 난 듯이 보였다. 얼굴이 빨개지고 뺨이 타오르는 것 같았다.

"그래요. 나는 당신에게 상아로 만든 헤르메스나 은으로 만든 파우누스[5]보다 못한 존재지요. 당신은 그 작품들은 항상 좋아하겠지요. 나는 얼마 동안이나 좋아할 것 같아요? 아마 처음 주름이 생길 때까지겠지요. 이제 난 알겠어요. 사람은 외모가 흉해지면 모든 걸 잃는다는 것을요. 당신의 그림이 내게 그 사실을 가르쳐 줬어요. 헨리 워턴 경의 말이 정말 맞아요. 청춘이야말로 가질 만한 가치가 있는 유일한 것이지요. 내가 늙어간다는 걸 알게 되면 난 자살해 버릴 거예요."

홀워드는 얼굴이 창백해져서 그의 손을 잡았다.

"도리언! 도리언!" 그가 외쳤다. "그런 식으로 말하지 마! 나는 자네 같은 친구를 가진 적이 없고 앞으로도 그럴 거야. 자네, 물질을 질투하는 거 아니겠지. 그 어떤 물질과도 비교될 수 없는 훌륭한 자네가!"

"나는 아름다움이 사라지지 않는 모든 것을 질투해요. 나는 당신이 그린 내 초상화도 질투해요. 내가 잃어야만 하는 것을 그림은 왜 유지할 수가 있는 거지요? 스쳐 가는

5) 파우누스(Faunus) : 고대 로마와 그리스 신화에 나오는 목신(牧神). 농경 · 목축 · 수렵을 보호하는 신.

매 순간이 내게서 뭔가를 빼앗아 이 그림에 주고 있어요. 아, 그 반대라면 얼마나 좋을까! 만일 그림이 변하고 내가 지금처럼 그대로 남아 있을 수 있다면 말이에요! 당신은 왜 이 초상화를 그린 거죠? 이 그림은 언젠가 나를 비웃을 거예요. 끔찍할 정도로 나를 비웃을 거라고요!"

그의 눈에 뜨거운 눈물이 솟구쳐 올랐다. 그는 바질의 손을 밀쳐내며 소파 위에 몸을 던져 기도라도 하는 것처럼 쿠션에 얼굴을 파묻었다.

"해리, 이것이 자네가 한 일의 결과야."

화가가 쓰디쓴 목소리로 말했다.

헨리 경은 어깨를 으쓱해 보였다.

"그게 진정한 도리언 그레이의 모습인 거야. 그뿐이야."

"그렇지 않아."

"그렇지 않은들, 내가 이 일과 무슨 상관이지?"

"자넨 내가 가 달라고 부탁했을 때 떠나야 했어." 그가 중얼거렸다.

"난 자네가 있어 달라고 해서 남았는데." 헨리 경이 대답했다.

"해리, 난 가장 좋아하는 두 친구와 동시에 싸울 수 없어. 하지만 솔직히 자네들 두 사람은 내가 완성한 최고작을 미워하게 만들었어. 그래서 난 그 작품을 파괴해 버리려고 하네. 이건 화폭과 색상일 뿐이야. 나는 이 작품이 끼어들어서 우리 세 사람의 삶을 망쳐놓는 걸 그냥 놔둘 수가 없어."

도리언 그레이는 베개 위로 금발 머리를 들어 올려서, 커튼이 드리워진 창문 아래 놓인 전나무 작업대로 걸어가는 홀워드를 창백한 표정과 눈물에 젖은 눈으로 바라보았다. 그는 무엇을 하려는 걸까? 그의 손가락이 흩어져 있는 물감 튜브와 마른 붓들 사이를 헤치며 뭔가를 찾고 있었다. 그렇다. 그는 유연한 쇠로 된 얇은 날의 물감용 나이프를 찾고 있었다. 마침내 나이프를 찾아낸 그는 그림을 찢어 버리려고 했다.

숨 막히는 듯한 흐느낌 소리와 함께 청년이 소파에서 펄쩍 뛰어올라 홀워드에게 달려들어 그의 손에서 나이프를 빼앗아 던져버렸다.

"안 돼요, 바질! 그러지 말아요!"

그가 외쳤다.

"그건 살인이라고요!"

"도리언, 마침내 자네가 내 작품을 인정해 주니 기쁘군."

화가는 충격을 벗어나자 싸늘하게 말했다.

"자네가 그럴 거라고 생각 못했었는데."

"인정이요? 난 그림과 사랑에 빠졌다고요, 바질. 그림은 나의 일부예요. 난 느낄 수 있어요."

"그러면 자네 초상이 마르는 대로 니스 칠을 해서 액자에 넣어 집으로 보내줄게. 그러면 자네 자신에게 하고 싶은 대로 다 할 수 있겠지."

그는 벨을 눌러 차를 내오라고 시켰다.

"도리언, 물론 자네는 차를 마시겠지? 해리, 자네도. 그 정도 단순한 쾌락은 누려도 되겠지?"

"난 단순한 쾌락을 숭배해." 헨리 경이 말했다.

"그건 복잡한 것을 벗어나는 마지막 피난처야. 난 무대 위 연극이 아니면 시끄러운 장면을 좋아하지 않아. 두 사람 모두 정말 불합리한 친구들이야. 누가 인간을 이성적 동물이라고 정의했는지 몰라. 그건 정말 가장 성급하게 내려진 정의야. 인간은 여러 측면으로 해석될 수 있지만 이성적이진 않아. 요컨대 난 인간이 이성적 동물이 아니라서 기뻐. 자네들이 그림을 둘러싸고 다투지 않기를 바라긴 해도. 바질, 그림은 내가 갖는 게 좋겠어. 이 어리석은 아이는 그 그림을 정말 원하는 게 아니야. 난 정말 그 그림을 갖고 싶고."

"바질, 그 그림 다른 사람에게 주면 당신을 결코 용서하지 않을 거예요."

도리언이 외쳤다.

"그리고 사람들이 나를 어리석은 아이라고 부르게 놔두지 않겠어요."

"그림은 자네 거야, 도리언. 그림이 완성되기 전부터 이미 자네 거였어."

"그레이 씨, 당신 좀 어리석게 굴고 있잖아요. 그리고 당신이 무척 젊다는 걸 상기시키는 데 별 반대 없겠지요?"

"헨리 경, 오늘 아침 심하게 반대해야 했었어요."

"아, 오늘 아침! 당신은 오늘 아침부터 살아 있게 된 거지요."

그때 문 두드리는 소리가 나며 집사가 차가 담긴 쟁반을 들고 들어와 조그만 일본식 탁자 위에 내려놓았다. 컵과 컵 받침이 부딪히는 소리가 나고 조지 왕조풍의 주전자의 주둥이에서 수증기가 끓어오르는 소리가 났다. 심부름하는 아이가 두 개의 둥근 접시를 가지고 들어왔다. 도리언 그레이가 차를 따랐다. 두 사람은 테이블로 나른하게 걸어가 덮개 아래 뭐가 있는지 들여다보았다.

"오늘 밤 극장에 갑시다."

헨리 경이 말했다.

"어느 극장이든 뭔가 재미있는 걸 공연하고 있을 거예

요. 난 화이트클럽[6]에서 저녁 약속이 있지만, 오랜 친구와 한 약속이니 아프다고 하든지, 아니면 딴 약속들이 생겨서 못 간다는 전갈을 보내면 돼요. 그거 변명으로 아주 좋은데요. 오히려 솔직한 거라서."

"정장을 차려 입는 건 너무 따분한 일이야."

홀워드가 중얼거렸다.

"또 정장을 입고 있으면 보기도 흉하고."

"그래. 19세기 복장은 혐오스러워. 너무 칙칙하고 음울해. 현대의 생활에서는 죄야말로 유일하게 남아 있는 진짜 색상이야."

헨리 경이 꿈꾸듯이 대답했다.

"해리, 자네 도리언 앞에서 그런 말은 하지 말아야 하네."

"어떤 도리언 앞에서? 우리에게 차를 따라주고 있는 도리언? 아니면 그림 속의 도리언?"

"둘 다."

"헨리 경, 당신과 극장에 가고 싶어요."

청년이 말했다.

6) 화이트클럽(White's Club) : 런던 세인트 제임스 거리에 위치한 영국 신사들의 클럽.

"그러면 바질, 자네도 가야지. 갈 거지?"

"못 가겠어. 안 가는 게 좋겠어. 할 일이 많아서."

"그럼 그레이 씨, 당신과 저, 둘이 갑시다."

"좋아요!"

화가는 입술을 깨물고 손에 컵을 든 채 그림 쪽으로 다가갔다.

"난 진짜 도리언과 잠시 함께 있겠어."

그가 슬픈 목소리로 말했다.

"그게 진짜 도리언이에요?"

초상화의 주인공이 그에게 걸어가며 외쳤다.

"정말 저와 그 그림이 닮았나요?"

"그래, 자네는 그림하고 무척 닮았어."

"바질, 너무 멋져요."

"최소한 외관상 자네는 그림과 닮은 거야. 그림은 마음이 변하거나 하는 일이 없잖아. 그게 중요한 거야."

바질이 한숨을 쉬었다.

"사람들은 지조에 대해 왜 이리 소란인지 몰라!"

헨리 경이 외쳤다.

"봐, 사랑도 생리학의 문제야. 우리의 의지와 아무 상관이 없어. 젊은이들은 정절을 지키고 싶어 하는데 그게 잘 안되고, 나이 든 이들은 정절을 버리고 싶어 하는데 그릴 수가 없어. 그뿐이야."

"도리언, 오늘 극장에 가지 말고 여기서 나와 저녁식사 함께 하지."

홀워드가 말했다.

"바질, 안 돼요."

"왜?"

"왜냐하면 헨리 경과 극장에 가기로 약속했기 때문이에요."

"그는 자네가 약속을 지킨다고 해서 더 좋아하거나 할 사람이 아닌데. 자기 약속도 늘 깨고 다녀. 제발이지, 그를 따라가지 말게."

도리언은 웃으며 머리를 흔들었다.

"부탁이네."

청년은 잠시 머뭇거리다가 재미있다는 듯한 미소를 지은 채 티 테이블에서 자기들을 쳐다보고 있는 헨리 경을 바라보았다.

"바질, 가야 해요."

그가 대답했다.

"알겠네."

홀워드가 말했다. 그는 걸어가 쟁반 위에 컵을 내려놓았다.

"좀 늦었군. 자네 옷도 갈아입어야 하니 시간 낭비 말아야지. 해리, 그럼 잘 가게. 도리언, 자네도 잘 가고. 나를 만나러 곧 와야 해. 내일 오게."

"그럼요."

"잊지 않겠지?"

"물론, 안 잊어요." 도리언이 외쳤다."

"그리고… 해리!"

"왜, 바질?"

"오늘 아침 정원에 있을 때 내가 부탁한 것 꼭 기억하게."

"벌써 잊어 버렸는데."

"자네만 믿겠어."

"나도 내 자신을 믿을 수 있으면 좋겠네!"

헨리 경이 웃으며 말했다.

"자, 그레이 씨, 마차가 밖에 와 있으니 집까지 바래다 드리지요. 바질, 잘 있게. 정말 즐거운 하루였어."

그들이 나가자, 화가는 소파에 몸을 던졌다. 그의 얼굴에는 고통스러운 표정이 떠올랐다.

3장

다음 날 12시 반에 헨리 워턴 경은 숙부인 퍼머 경을 만나러 갔다. 헨리 경이 방에 들어섰을 때 숙부는 투박한 사냥 코트를 입고 담배를 피우면서 《타임스》지에 대고 뭔가 투덜거리고 있었다.

"아, 해리." 노신사가 말했다. "오늘 웬일로 이렇게 일찍 왔나? 너희 멋쟁이 댄디들은 2시나 되어야 일어나고 5시까지는 외출하지 않는 줄 알았는데."

"조지 숙부님, 모두 가족 사랑 때문 아니겠어요? 숙부님에게서 뭔가 받아낼 게 있어요."

"돈이겠지, 뭐." 다소 얼굴을 찌푸리며 퍼머 경이 말했다. "자, 얘기해 봐. 요즘 젊은 사람들은 돈밖에 모른다니까."

"맞아요." 헨리 경이 코트에 꽃 장식을 꽂으며 중얼거렸다. "나이가 들면 그 사실을 깨닫겠지요. 하지만 저는 돈이 필요 없어요. 돈이 필요한 사람들은 고지서가 나와서 돈을 내야하는 사람들이지요. 조지 숙부님, 저는 고지서 같은 게 날아오지 않아요. 외상이란 장남으로 태어나지 못한 사람들의 자산이지요. 그들은 외상으로 멋있게 살아가잖아요. 게다가 저는 다트무어의 상인들과 거래하는데 이들은 절대 귀찮게 구는 법이 없어요. 제가 원하는 건 정보예요. 물론 쓸모 있는 정보는 아니고 쓸데없는 정보예요."

"그래, 요즘 허튼 소리만 잔뜩 기록하고 있는 영국 의회와 추밀원의 보고서에 나오는 정보라면 무엇이든 알려줄 수 있지. 내가 외교부에 있을 때는 상황이 훨씬 좋았는데. 요즘 시험을 통해서 사람들을 선발한다고 들었어. 뭘 기대할 수 있겠나? 시험은 처음부터 끝까지 모두 엉터리인데. 신사 계급이면 알 건 충분히 알고 있을 테고, 신사 계급이 아니라면 그가 아는 건 무엇이든 그 사람에게 해만 될 거고."

"도리언 그레이 씨는 의회 보고서 같은 데 나오는 인물이 아니에요, 조지 숙부님."

헨리가 나른하게 말했다.

"도리언 그레이 씨? 그게 누구냐?"

퍼머 경이 짙은 흰 눈썹을 찡그리며 물었다.

"조지 숙부님, 그게 제가 알고 싶은 건데요. 아니, 그가 누군지는 알아요. 작고한 켈소 경의 손자예요. 어머니는 드브뢰 가문이라던데요. 마거릿 드브뢰 부인. 그 부인에 대해 얘기 좀 해주세요. 어떤 여성이었나요? 누구와 결혼

했나요? 숙부님은 동시대 분들을 거의 다 아시니까 그 부인도 아시겠지요? 전 요즘 그레이 씨에게 관심이 무척 많거든요. 만난 지는 얼마 안 되었지만."

"켈소의 손자라고!"

노신사가 외쳤다.

"켈소의 손자! 물론… 그 어머니를 잘 알았지. 아마 세례 받을 때도 갔을 거다. 무척 아름다운 소녀였어. 마거릿 드브뢰. 재산이 전혀 없는 젊은이와 야반도주해서 뭇 남성들을 미치게 만들었지. 무슨 보병 연대의 부관에 불과한 재산이 없는 친구였는데. 그래. 어제 일처럼 전부 기억난다. 그 불쌍한 친구가 결혼한 지 몇 달 만에 온천에서 결투하다가 죽고 말았지. 좀 안 좋은 소문이 있었어. 켈소가 어떤 벨기에 출신의 짐승 같은 불한당에게 공공장소에서 사위를 모욕하라고 시켰다는 얘기가 떠돌았어. 그러라고 돈을 주었던 모양이야. 그 불한당이 결투에서 사위를 칼로 찔렀지. 그 얘기는 잠잠해졌지만, 아이구, 켈소는 클럽에서 한동안 혼자 식사를 해야만 했어. 그가 딸을 데려왔던 모양인데, 딸이 자기 부친과 다시는 말을 안 했다더구나. 아, 그래, 정말 불미스러운 일이었어. 딸도 일 년도 안 되어서 죽었지. 그래, 그 딸이 아들을 남겼지. 그 사실을 잊고 있었는데. 어떤 아이냐? 자기 어머니를 닮았으면 굉장히 잘생겼을 텐데.

"무척 잘생겼어요."

헨리 경이 동의했다.

"제대로 자랐으면 좋을 텐데."

노신사가 말을 계속했다.

"켈소가 제대로 물려주었다면 아마 상속받은 돈이 꽤 많을 거다. 그 어머니도 재산이 있었으니까. 셀비의 모든 소유권이 할아버지를 통해 손녀딸에게 넘어갔었으니까. 그 할아버지는 켈소를 미워하고 야비한 개 취급을 했어. 정말 야비한 자였어. 내가 마드리드에 있을 때 켈소가 거기 왔었지. 으, 정말 수치스러운 자였어. 이사벨라 여왕이 묻더구나. 마차를 타고 나서 요금 때문에 마부와 말다툼하곤 하는 영국 귀족에 대해 아느냐고 말이다. 정말 소문이 자자했어. 난 한 달 간 궁정에 들어갈 엄두도 못 냈어. 손자한테는 마부보다는 낫게 대했겠지?"

"저야 모르지요." 헨리 경이 대답했다. "저도 그 청년이 부자가 될 거라고 생각해요. 아직 성년이 안 됐어요. 셀비의 소유권을 갖고 있다는 건 알아요. 본인이 그러던데요. 그 어머니가 그렇게 예뻤나요?"

"마거릿 드브뢰는 내가 본 사람 중 가장 아름다운 여성이었어, 헨리. 그런데 도대체 무엇 때문에 그런 행동을 했는지 도저히 이해할 수가 없어. 자신이 원하는 사람과 얼마든지 결혼할 수 있었을 텐데 말이야. 칼링턴이 그녀에게 완전히 반했었지. 그래도 그녀는 낭만적이었어. 그 가문의 모든 여성들이 다 그랬지. 남자들은 형편없었지만. 휴! 여자들은 정말 훌륭했는데. 칼링턴이 그녀에게 무릎을 꿇었지. 본인이 그렇게 말했어. 그녀는 웃고 말더래. 그 당시 런던에 그를 좋아하지 않는 여자가 없을 정도였는데."

"조지 숙부님, 이만 가볼게요. 더 있다가는 점심 약속에 늦겠어요. 원하던 정보를 주셔서 고맙습니다. 새 친구가 생기면 늘 그들에 대해 알고 싶거든요. 옛 친구에 대해서는 아무것도 알고 싶지 않지만."

"해리, 어디서 점심 먹을 거니?"

"애거사 숙모 댁에서요. 저하고 그레이 씨하고 함께요. 그는 최근에 숙모님 총애를 받기 시작했거든요."

"흥! 애거사 숙모에게 그 자선사업 일로 나를 더 이상 귀찮게 하지 말라고 전해줘. 그 일에 질렸다. 정말, 네 숙모는 내가 자기의 그 바보 같은 변덕을 위해 수표 끊어주는 일 이외에는 할 일이 없는 줄 아는가 보더라."

"조지 숙부님, 알겠어요. 그렇게 말씀드리겠지만, 별 소용없을걸요. 박애주의에 빠진 사람들은 인간성 같은 건 상실하거든요. 그게 그들의 특징이에요."

노신사는 투덜거리듯 동의하면서 벨을 눌러 하인을 불렀다. 헨리 경은 밖으로 나와 버클리 광장 방향으로 걸어갔다.

'그래, 도리언 그레이의 혈통이 그렇단 말이지.' 조야하고 적나라하게 전달된 그 이야기는, 뭔가 이상한 현대적 로맨스라고 할 만한 것을 암시함으로써 헨리 경을 자극했다. 아름다운 여인이 광적인 열정 때문에 모든 걸 잃는 모험을 감행한다. 몇 주간의 야성적인 행복이 끔찍한 배신으로 곧 끊겨버린다. 몇 달간 소리 없는 고뇌가 뒤따르고 그 후 고통 속에서 아이가 태어난다. 어머니를 죽음에 빼앗긴 아이는 사랑을 모르는 노인의 압제와 고독 속에 내맡겨진다. 그래, 흥미로운 배경이었다. 그것은 청년을 더욱 완벽하게 보이게 했다. 모든 미묘한 것 뒤에는 비극적인 것이 있는 법이다. 세상은 산고를 겪어야 한다. 가장 초라한 꽃을 피우기 위해서도…. 전날 클럽의 저녁식사 때, 잠에서 깨어난 듯이 의아해하는 그의 표정에 붉은 촛불 때문인지 붉은빛이 짙게 드리워진 가운데, 놀란 듯한 눈과 약간 벌려진 입술을 하고 맞은편에 앉아 있는 도리언의 모습은 너무나 매력적이었다. 그와 대화를 하는 것은 아름다운 음색의 바이올린을 켜는 것과도 같았다. 그는 활이 닿을 때마다 또 떨릴 때마다 반응했다…. 영향을 미친다는 것은 무척 매혹적인 것이다. 어떤 행위도 따라갈 수 없는 매혹. 자신의 영혼을 어떤 아름다운 형태에 투사하고 잠시 그곳에 머물게 놔두는 것, 자신의 지적 견해가 열정과 젊음의 음악이 곁들여진 채 다른 사람에게서 메아리치는 걸 듣는 것, 자신의 기질을 미묘한 액체나 이상한 향수라도 되는 것처럼 남에게 흘러들여 보내는 것, 거기에는 진정한 기쁨이 있었다. 아마도 천하고 세속적인 쾌락과 촌스럽고 진부한 목표를 가진 제약 많고 저속한 우리 시대에, 우리에게 남겨진 가장 만족스러운 기쁨…. 우연히 바질의 화실에서 만난 이 청년은 경이로운 존재였다. 그는 우아했다. 그는 소년 시절의 백색의 순수함과 오래된 그리스의 대리석 조각과도 같은 아름다움을 지니고 있었다. 그와 함께라면 못할 일이 없었다. 그는 타이탄족이 될 수도 장난감이 될 수도 있었다. 그렇게 아름다운 존재가 시들 운명이라는 건 너무도 슬픈 일이었다…! 그리고 바질은? 심리적 관점에서 볼 때, 도리언은 무척 흥미로운 존재였다. 그는 예술에 있어 새로운 양식이며 삶을 바라보는 신선한 방식이었다. 아무것도 의식하지 못하는 사람의 외모가 이렇게 야릇한 암시를 줄 수 있다니! 어둑한 숲 속에 살면서 보이지 않게 들판을 걸어 다니던 말없는 정신이 숲의 요정처럼 갑자기 모습을 드러낸 것 같았다. 요정을 찾아다니던 영혼에 놀라운 사물을 볼 수 있는 놀라운 비전이 일깨워진 것이었다. 사물의 단순한 형체와 패턴이 세련되고 상징적 가치를 갖게 되었다. 얼마나 야릇한 일인가! 그렇다. 그는 도리언을 지배하려고 애쓰고 있었다. 이미 지배하고 있는 것과 다름없었다. 그는 그 훌륭한 영혼을 자기 것으로 만들 것이다. 이 사랑과 죽음의 상징 같은 도리언에게는 뭔가 매혹적인 것이 있었다.

그는 갑자기 멈춰 서서 집들을 올려다보았다. 그는 숙모의 저택을 한참 지나왔다는 사실을 깨닫고 미소 지으며 뒤로 돌아섰다. 그가 다소 어두운 홀에 들어섰을 때, 집사가 이미 점심 식사가 시작되었다고 말했다. 그는 하인 한 사람에게 모자와 지팡이를 내주고 식당으로 들어갔다.

"해리, 여전히 늦는구나." 숙모가 고개를 저으며 외쳤다.

그는 손쉬운 핑계를 하나 대면서, 숙모 옆 빈자리에 앉아서 누가 와 있는지 둘러보았다. 테이블 저 끝에서 도리언이 기뻐서 얼굴을 붉히며 그에게 고개를 숙였다. 맞은편에는 훌륭한 성품과 성격 때문에 주변 사람 모두가 좋아하는 할리 공작부인이 앉아 있었는데, 그녀는 공작부인이란 지위만 없었으면 당대 역사가들이 뚱뚱하다고 기록할 만한 풍성하고 균형 잡힌 모습이었다. 그녀의 오른쪽 옆에는 정치가 토머스 버든 경이 앉아 있었고, 왼쪽 옆에는 트레들리 어스킨 씨가 차지하고 있었는데 그는 상당한 매력과 교양을 갖춘 노신사지만 서른 살이 되기 전에 할 말을 다 했기 때문에 침묵을 지키는 습관이 있었다. 그 옆에는 반들뢰르 여사가 앉아 있었는데 숙모의 오랜 친구로 여자들 사이에서는 성인으로 불리지만, 너무도 촌스러워서 볼품없는 찬송가 책을 연상시키는 여자였다.

"아, 해리! 너한테 매우 화가 난다. 너는 왜 우리 착한 도리언 그레이 씨에게 이스트엔드를 포기하라고 설득하려 하는 거니? 그는 우리에게 정말 귀중한 존재인데. 사람들이 그의 연주를 얼마나 좋아한다고."

애거사 부인이 외쳤다.

"나는 그가 날 위해서 연주를 해 주면 좋겠어요."

헨리 경이 미소를 지으며 말했다.

"하지만 화이트채플 사람들은 너무 불행하잖니."

애거사 부인이 말을 계속했다.

"난 모든 것에 공감할 수 있지만, 고통에는 절대 공감 못해요."

헨리 경이 어깨를 움츠리면서 말했다.

"고통 받는 것에는 공감할 수가 없다고요. 그건 너무 추하고 끔찍하고 고통스러워요. 요즘 고통에 공감하는 것은 뭔가 무척 병적인 거예요. 사람은 색채, 아름다움, 삶의 기쁨, 이런 것에 공감해야 하는 거예요. 삶의 고통에 대해서는 적게 말할수록 좋은 거구요."

"그래도 이스트엔드는 매우 중요한 사안이오요."

토머스 경이 심각하게 머리를 저으며 대답했다.

"정말 그래요. 그건 노예제도의 문제예요. 그리고 우리는 노예들을 즐겁게 함으로써 그 문제를 해결하려고 하는 거고요."

젊은 귀족이 대답했다.

"그렇다면 당신은 어떤 변화를 제안하는 겁니까?"

정치가는 그를 날카롭게 바라보았다.

"저는 영국에서 날씨 말고는 변화시키고 싶은 게 하나도 없습니다. 전 철학적 명상에 매우 만족하지만 19세기가 공감을 너무 과잉 지출해서 파산하게 되면, 나는 우리가 제대로 설 수 있게 과학에 호소하라고 제안하겠어요. 감정의 이점은 우리를 방황하게 하는 것이고, 과학의 이점은 감정에 휘둘리지 않는다는 거니까요."

헨리 경은 웃으며 대답했다.

"하지만 우리는 이스트엔드에 대해 심각한 책임이 있는데요."

반들뢰르 부인이 소심하게 끼어들었다.

"무척 중대한 책임이지요."

애거사 부인이 동의했다.

"인류는 스스로를 너무 심각하게 대하고 있어요. 그게 세상의 원죄지요. 구석기 시대의 혈거인이 웃는 법을 알았다면 역사가 달라졌을 겁니다."

헨리 경이 말했다.

"당신 얘기는 정말 위로가 되는군요. 나는 이스트엔드에 전혀 관심이 없어서 당신의 숙모님을 뵐 때마다 늘 죄의식을 늘 느꼈는데. 앞으로는 얼굴 빨개지지 않고도 숙모님 얼굴 뵐 수가 있겠어요."

공작부인이 노래하듯 말했다.

헨리 경은 도리언 그레이의 시선이 자신에게 고정된 것을 느꼈다. 그는 그를 의식하자 자신의 기지를 더욱 예리하게 만들어 상상력에 색채를 더하며 대화를 계속 주도해 나갔다. 그는 청중들을 매혹시켜 정신이 나가게 하고 그의 장단에 맞춰 웃음을 터뜨리게 만들었다. 도리언 그레이는 그에게서 시선을 떼지 못하고 마법에 걸린 듯이 앉아 있었다. 그의 입술 위로 미소가 그치질 않았고 그의 어두워져가는 눈에는 경이로움이 깊어지고 있었다.

이윽고 헤어질 시간이 되자 헨리 경이 웃으며 일어났

다.

“나는 파크레인에 갈 겁니다.”

그가 문을 나설 때 도리언 그레이가 그의 팔을 만졌다.

“저도 같이 가요.”

그가 중얼거렸다.

“하지만 바질 홀워드를 만나기로 약속한 걸로 아는데.”

“당신과 가는 게 좋겠어요. 네. 당신과 함께 가야 된다는 기분이 들어요. 그렇게 해 주세요. 저하고만 내내 얘기한다고 약속해 주세요. 당신처럼 멋있게 얘기하는 분은 또 없을 거예요.”

“아! 난 오늘 할 얘기는 충분히 다 했는데.”

헨리 경이 웃으며 말했다.

“내가 지금 원하는 건 삶을 관조하는 거야. 자네 원하면 와서 나와 함께 삶을 관조해도 좋아.”

4장

한 달이 지난 어느 날의 오후.

메이페어에 위치한 헨리 경의 조그만 서재에서, 도리언 그레이가 화려한 안락의자에 편하게 앉아 있다. 높은 회반죽 천장에는 떡갈나무로 된 올리브색 벽판에 크림색 띠 장식이 둘러져 있고, 벽돌색 펠트 카펫 위 여기저기 페르시아산 실크 깔개가 놓인 멋진 방이었다. 조그만 마호가니 탁자 위에는 유명 조각가의 작품이 놓여 있고, 벽난로 위에는 푸른색의 큼직한 도자기와 튤립이 놓여 있었다.

헨리 경은 아직 돌아오지 않고 있었다. 그는 늘 늦는 것을 원칙으로 삼고, 제 시간에 도착하는 것은 시간을 도둑맞는 것이라고 생각하고 있었다. 청년은 다소 부루퉁한 표정으로 나른하게 책장을 넘기고 있다가 루이 카토즈 시계의 단조로운 째깍 소리에 짜증이 나서 그냥 가버릴까 생각했다.

마침내 바깥에서 발자국 소리가 들려왔다. 문이 열렸다.

"해리, 어쩜 그렇게 늦게 올 수 있어요!"

그가 중얼거렸다.

"그레이 씨, 난 해리가 아니에요."

날카로운 목소리가 대답했다.

그는 빨리 시선을 돌리고는 자리에서 벌떡 일어났다.

"죄송합니다. 저는…."

"남편인 줄 아셨나본데, 그의 아내예요. 내 스스로 소개를 해야겠군요. 오페라 극장에서 남편과 함께 계신 걸 봤어요."

그녀는 말을 하며 신경질적으로 웃었다. 그리고 '날 잊지 마세요' 하는 듯한 막연한 시선으로 그를 쳐다보았다. 그녀는 보통 누군가와 사랑에 빠져 있었는데, 그녀의 열정에 아무도 반응을 보이지 않아 자신의 환상 속에서 지내고 있었다. 그녀의 이름은 빅토리아였고 교회에 나가는 데 광적이었다.

"헨리 부인, 〈로엔그린〉을 볼 때였지요?"

"네. 〈로엔그린〉이었어요. 난 바그너 음악을 누구보다도 좋아해요. 소리가 너무 웅장해서 아무리 얘기를 해도 사람들이 엿듣지 못하거든요. 그게 큰 장점이지요. 안 그래요, 그레이 씨?"

도리언은 미소를 짓고 고개를 흔들었다. "헨리 부인, 전 그렇게 생각하지 않습니다. 전 최소한 음악, 좋은 음악이 연주되는 동안에는 얘기 같은 건 안 합니다. 나쁜 음악이면, 대화로 안 들리게 하는 게 의무겠지만요."

"아, 그건 해리의 견해 아닌가요, 그레이 씨? 나는 늘 해리의 견해를 그 친구들에게서 듣고 있어요. 해리 생각을 그런 식으로 알게 되지요. 하지만 당신은 내가 좋은 음악을 싫어한다고 생각해서는 안 돼요. 난 음악을 사랑해요. 하지만 두려워하기도 하지요. 나를 지나치게 낭만적으로 만들어서요. 그레이 씨는 내가 주최하는 파티에 오신 적 없지요? 꼭 오셔야 해요. 아, 여기 해리가 오네요! 해리! 뭔지는 잊었지만 뭔가 부탁하려고 당신한테 왔다가 여기서 그레이 씨를 만났어요. 음악에 대해 즐거운 얘기를 나누었지요. 그를 만나서 너무 기뻐요."

"내 사랑, 잘됐군. 아주 잘됐어요."

즐거운 미소를 띤 채 검은 초승달 모양의 눈썹을 치켜세우고 그들을 바라보면서 헨리 경이 말했다.

"도리언, 늦어서 미안해."

"이제 전 가야겠네요. 백작부인과 마차 산책 약속이 있어서요. 그레이 씨, 그만 가볼게요. 해리, 당신도 안녕. 저녁은 밖에서 드실 거지요? 저도 그래요. 아마 손버리 부인 댁에서 만날지도 모르겠네요."

해리 부인이 바보 같은 갑작스러운 웃음으로 어색한

침묵을 깨면서 외쳤다.

"아마도."

헨리 경은 부인이 마치 밤새 비를 맞은 극락조처럼 퍼덕거리며 재스민 향기를 남기면서 방을 나서자 문을 닫으며 말했다. 그리고는 담배를 물고 소파 위로 몸을 던졌다.

"밀짚 색깔의 머리카락을 가진 여인과는 결코 결혼하지 말게, 도리언."

"왜요, 해리?"

"너무 감상적이니까."

"하지만 전 감상적인 사람들이 좋던데요."

"도리언, 아예 결혼을 하지 말게. 남자들은 지쳐서 결혼하고 여자들은 호기심에서 결혼하는데, 결국 양쪽 다 실망하거든."

"헨리, 저는 결혼할 것 같진 않아요. 사랑에 너무 자주 빠져서요. 그것도 당신이 자주 하시는 말씀인데, 저는 그 말을 실천하고 있어요. 당신이 하시는 말씀마다 다 그런 것처럼요."

"자네 누구와 사랑에 빠졌나?" 헨리 경이 잠시 후 물었다.

"여배우요." 도리언 그레이가 얼굴을 붉히며 말했다.

헨리 경은 어깨를 으쓱했다.

"늘 있는 흔해 빠진 데뷔로군."

"해리, 그녀를 한번 보시면 그런 말씀 안 하실걸요."

"누군데?"

"시빌 베인이요."

"그런 이름은 들어본 적 없는데."

"아직 못 들어봤겠지만, 언젠가는 듣게 될걸요. 그녀는 천재예요."

"이 친구야, 여성 가운데 천재는 없어. 여성은 장식적인 존재야. 여성들은 할 얘기도 없어. 말은 멋있게 하지만 말이야. 여성들은 정신에 대한 물질의 승리를 상징한다네. 남성들이 도덕에 대한 정신의 승리를 상징하는 것처럼."

"해리, 어떻게 그런 말씀을 하세요?"

"이봐, 도리언, 그게 사실이야. 난 현재 여성들을 분석하는 중이라서 잘 알지. 그 주제는 생각했던 것처럼 그렇게 심오하지도 않더군. 난 궁극적으로 여성은 단지 두 유형—못생긴 유형과 화장하는 유형—으로 나뉠 뿐이라는 사실을 알게 되었어. 못생긴 여성들은 매우 쓸모가 있고, 다른 유형은 매력은 있지만 젊게 보이려고 애쓰면서 화장이나 하고 다니지. 솔직히 대화를 나눌 만한 가치가 있는 여성이 런던에 한 다섯 명 있을까. 그중 두 사람은 점잖은 사교계에 발을 들여놓을 수 없는 사람들이고. 하지만 자네의 그 천재 여배우에 대해 얘기해 봐. 얼마 동안이나 사귀었나?"

"아, 해리! 당신의 견해는 겁이 나요."

"신경 쓰지 말게. 그녀랑 얼마 동안 알고 지냈어?"

"한 3주 정도 됩니다."

"어디서 만났는데?"

"해리, 말씀 드릴게요. 하지만 이해해 주셔야 해요. 결국 내가 당신을 만나지 않았더라면 그 일도 일어나지 않았을 테니까요. 당신은 삶에 대해 모든 걸 알려는 거친 욕망을 내게 불어넣어 주었지요. 당신을 만난 후 며칠 동안 내 혈관에서 뭔가 요동치는 것 같았어요. 파크 가를 한가롭게 걷거나 혹은 피카딜리 가를 산책하고 있을 때 지나가는 사람들을 바라보며 난 미칠 듯한 호기심으로 이들은 어떤 삶을 영위하고 있을까 궁금해 하곤 했어요. 어떤 사람들은 내 마음을 매혹시켰고, 또 어떤 사람들은 나를 공포에 휩싸이게 했어요. 대기 중에 미묘한 독성 같은 것이 깃들어 있었어요. 나는 감각에 대한 열정을 갖고 있었지요…. 그러던 어느 날 저녁 7시경 모험을 찾아 나서기로 결심했어요. 난 수많은 사람들이 오가고 지저분한 죄인들과 화려한 죄악이 자리한 이 잿빛의 기괴한 우리 런던이 나를 위해 뭔가 준비해 두었을 게 틀림없다고 느꼈어요. 나는 수없는 상상을 했지요. 사소한 위험도 내게 기쁨을 주었어요. 난 우리가 함께 식사했던 그 멋진 밤에 당신이 삶의 진정한 비밀인 아름다움의 추구에 대해 얘기해 주었던 것을 기억했어요. 뭘 기대했었는지 모르겠지만 나는 계속 동쪽을 향해 걷다가 지저분한 길과 잔디도 없는 시커먼 광장의 미로에서 길을 잃게 되었어요. 8시 반쯤 나는 가스등이 번쩍거리고 천박한 포스터가 붙은, 우스꽝스러운 조그만 극장을 지나가게 되었지요. 생전 처음 보는 기괴한 조끼를 입은 흉한 유대인 한 사람이 싸구려 시가를 피우며 입구에 서 있었어요. 그는 기름이 번질거리는 곱슬머리를 하고 더러운 셔츠 한가운데 큼직한 가짜 다이아몬드가 반짝거리는 차림이었는데, 나를 보고는 모자를 벗으며 아첨하는 태도로 '좋은 자리가 있는데 하나 드릴까요?' 하고 말을 걸었어요. 해리, 그에게는 뭔가 흥미를 끄는 점이 있었어요. 어쨌든 난 극장에 들어가 1기니를 지불하고 무대 옆 특별석에 앉았어요. 아직까지도 왜 그랬는지 이해가 되지 않지만. 극장은 온통 싸구려뿐이었어요. 도대체 내가 뭘 하고 있는 거야 하는 생각이 들기 시작할 때 포스터를 보니 공연될 작품은 〈로미오와 줄리엣〉이었어요. 솔직히 셰익스피어를 이런 형편없는 극장에서 본다는 게 좀 화가 났어요. 그래도 어떤 면에서 흥미가 가서 어디 한번 1막이라도 보자고 결심했지요. 금이 간 피아노에 한 젊은 유대인이 지휘하는 끔찍한 오케스트라 연주가 시작되었는데 그냥 나가버릴까 했지요. 마침내 커튼이 올라가고 연극이 시작되었어요. 그런데 줄리엣이 나왔어요! 해리, 조그만 꽃 같은 얼굴을 하고 짙은 갈색 머리를 그리스식으로 땋아 내리고, 열정의 보랏빛 우물 같은 눈과 장미 꽃잎 같은 입술을 가진 열일곱 살도 채 되지 않은 소녀를 상상해 보세요. 내 평생에 그렇게 사랑스러운 사람은 처음 보았지요. 당신은 언젠가 아름다움, 순전한 아름다움은 당신을 눈물 흘리게 만든다고 말한 적이 있지요. 해리, 정말이지, 난 눈물이 앞을 가려 그 소녀를 제대로 볼 수가 없었어요. 그리고 그녀의 목소리—난 그런 목소리를 들어 본 적이 없어요. 처음에는 무르익은 깊은 음색의 무척 낮은 목소리가 귀에 내리꽂히는 기분이었어요. 그러다 점차 커지면서 플루트나 멀리서 들리는 오보에 소리처럼 들려왔어요. 정원 장면에서는 동 트기 전 나이팅게일이 노래할 무렵 들리는 떨리는 환희가 담겨 있었고, 나중에는 바이올린의 거친 열정이 담긴 순간도 있었어요.

해리, 난 그녀를 사랑해요. 그녀는 내 인생의 전부예요. 밤이면 밤마다 난 그녀의 연극을 보러 가요. 그녀는 하루는 로잘린드[7]가 되고, 또 하루는 이모겐[8]이 되기도 하지요. 난 그녀가 연인의 입술에서 독을 빨아들이며 음울한 이탈리아 묘지에서 죽는 것도 보고, 긴 양말을 신고 허리가 잘록한 상의를 입고 고상한 모자를 쓴 미소년으로 가장한 채 아든의 숲[9]에서 방황하는 것도 봤어요. 또 화가 난 채 죄지은 왕 앞에 나가 회한의 옷을 입고 쓰디쓴 약초를 맛보기도 했지요. 또 순진한 모습으로 질투의 검은 손에 갈대 같은 목을 졸리기도 했어요. 난 그녀가 다양한 의상을 입고 여러 연령대를 연기하는 걸 모두 봤어요. 보통 여성들은 상상력에 호소하지 않아요. 그들 시대에만 국한되어 있고, 황홀함 속에 변신하는 법도 없지요. 그 여자들의 마음속은 모자만큼이나 적나라하게 드러나고요. 그런 여자들은 늘 눈에 띄고, 신비감이 없어요. 그 여자들은 아침이면 공원에서 마차를 타고 오후에는 티 파티에서 재잘대지요. 늘 똑같은 미소를 지으며 매너도 유행을 따르고

7) 로잘린드(Rosalind) : 셰익스피어 희극 〈당신 뜻대로(As You Like It)〉의 여주인공.

8) 이모겐(Imogen) : 셰익스피어 비극 〈심벨린(Cymbeline)〉의 여주인공.

9) 아든(Arden)의 숲 : 〈당신 뜻대로〉의 무대가 된 숲.

요. 너무 명백해요. 하지만 여배우는! 여배우는 너무도 달라요! 해리! 당신은 왜 사랑할 만한 가치가 있는 유일한 대상이 여배우라는 말을 안 해 준 거예요?"

"왜냐하면 난 너무 많은 여배우들을 사랑했기 때문이야, 도리언."

"아, 그래요. 염색한 머리와 화장한 얼굴을 가진 끔찍한 사람들 말이지요."

"염색한 머리와 화장한 얼굴을 너무 깎아내리지 말게. 때로 거기에도 상당한 매력이 있거든." 헨리 경이 말했다.

"해리, 시빌 베인은 신성한 존재예요!"

"도리언, 신성한 존재만이 손댈 가치가 있어. 그 소녀 얘기를 더 해주게."

"아, 그녀는 너무 수줍어하고 온화해요. 뭔가 어린애 같은 면이 있어요. 그녀 공연에 대해 내 생각을 말해주자 놀랍다는 미묘한 표정으로 눈을 크게 뜨고 있었는데 자신의 힘을 전혀 의식하지 못하고 있는 것 같았어요. 우리 둘 다 긴장하고 있었나 봐요. 우리가 서로 어린애처럼 바라보며 서 있는 동안 그 늙은 유대인이 먼지투성이 분장실 문턱에 서서 징그러운 미소를 지은 채 우리에 대해 미사여구를 늘어놓고 있었어요. 나를 계속 '각하'라고 부르고 있어서, 시빌에게 내가 귀족이 아니란 걸 확신시켜야 했어요. 그녀는 매우 간단하게 나를 표현했지요. '당신은 왕자님 같아요. 당신을 프린스 차밍이라고 불러야겠어요.'"

"도리언, 정말이지 시빌 양은 찬사를 보낼 줄 아는 사람이군."

"해리, 당신은 그녀를 이해 못해요. 그녀는 단지 나를 극중 인물로 간주하고 있었어요. 그녀는 삶에 대해선 아무것도 몰라요. 그 유대인이 그녀 얘기를 해 주고 싶어 했지만, 난 별 흥미 없다고 말했지요."

"잘했어. 다른 사람들의 비극적 이야기에는 끝없이 야비한 무엇인가가 늘 개입되거든."

"시빌만이 내가 관심 있는 유일한 존재예요. 그녀 출신이 무엇이든 무슨 문제겠어요. 그녀는 조그만 머리끝부터 발끝까지 전적으로 신성해요. 밤마다 그녀의 연기를 보러 가지 않을 수 없어요. 그녀의 존재에 배고파하고 그 조그만 상아빛 몸에 숨어 있는 놀라운 영혼을 생각할 때마다 경외감으로 가득 차요. 난 그녀를 사랑해요. 이제 그녀가 나를 사랑하게 만들어야 해요. 당신은 삶의 모든 비밀을 알고 있으니 시빌 베인이 나를 사랑하도록 매혹시키는 법을 가르쳐주세요. 해리, 정말이지 나는 그녀를 숭배해요!"

그는 말하면서 방을 이리저리 걸어 다녔다. 흥분에서 오는 홍조가 뺨에 떠올라 있었다. 그는 무척 흥분해 있었다.

헨리 경은 미묘한 기쁨을 갖고 그를 지켜보았다. 바질 홀워드의 화실에서 만났던 수줍어하는 겁 많은 소년과 지금의 그는 얼마나 다른가! 그의 성품은 진홍빛 불길 같은 꽃송이로 피어나 있었다. 숨어 있던 은밀한 장소에서 그의 영혼이 기어 나왔고 욕망이 그의 영혼을 맞이하러 나왔던 것이다.

"바질과 함께 극장에 와서 그녀가 연기하는 걸 한번 보셨으면 해요. 당신은 분명 그녀의 천재성을 알아볼 거예요. 그러면 우리는 그녀를 유대인의 손아귀에서 빼내야 해요. 그녀는 삼 년간 그에게 묶여 있어요. 물론 그에게 돈을 지불해야겠지요. 모든 게 결정되면 난 그녀를 웨스트엔드 극장에 데뷔시킬 거예요. 그녀가 나를 미치게 한 것처럼 세상 사람들을 미치게 만들 거예요."

"이봐, 그건 불가능할 거야."

"아니요, 그녀는 해낼 거예요. 그녀는 단순히 뛰어난 예술적 본능만 있는 게 아니라 개성 또한 지니고 있어요. 당신은 종종 시대를 움직이는 것이 원칙이 아니라 개성이라고 얘기하곤 했잖아요."

"그러면 언제 갈까?"

"글쎄요, 오늘이 화요일이니 내일로 할까요. 그녀는 내일 줄리엣을 연기할 거예요."

"좋아. 바질을 데려오지."

"바질! 난 일주일 동안 그를 보지 못했어요. 내가 너무 못됐지요? 자기가 직접 디자인한 훌륭한 액자에 초상화를 넣어 보내주었는데, 그 초상화가 나보다 한 달 더 젊어서 질투가 났지만, 정말 마음에 들었다는 건 인정해요. 아마 당신이 바질을 부르는 게 나을 거예요. 나 혼자 그를 만나고 싶지는 않아요. 그는 날 화나게 하는 얘기만 늘어놓아요. 내게 좋은 충고를 하거든요."

헨리 경이 미소를 지었다.

"사람들은 자신에게 가장 절실히 필요한 걸 남에게 주길 좋아해. 그게 소위 관대함의 진짜 속내야."

"아, 바질은 가장 훌륭한 사람이에요. 하지만 약간 위선적인 속물 같은 데가 있어요. 해리, 당신을 만난 이후 그 사실을 깨닫게 되었어요."

"이봐, 바질은 작품에 자신의 매력을 모두 집어넣어. 그 결과 실제의 그에게는 자신의 편견과 원칙과 상식만이 남게 되지."

"당신이 그렇게 말하면 그런 거지요. 자 이제 난 가볼게요. 이모겐이 기다리고 있거든요. 내일 약속 잊지 마세요. 그럼 안녕히."

그가 방을 나서자 헨리 경의 무거운 눈꺼풀이 내려앉

았다. 그는 생각에 잠겼다. 분명히 도리언 그레이만큼 그의 관심을 끈 사람은 별로 없었다. 그 청년이 다른 사람을 미친 듯이 숭배하는 것이 그에게 상당한 분노와 질투의 고통을 가져왔다. 하지만 그는 그 점이 기뻤다. 그를 더 흥미로운 연구 대상으로 만들어주었기 때문이다. 인간의 삶―그것만이 그에게 유일하게 연구할 만한 가치가 있는 것으로 보였다. 그와 비교하면 다른 것은 가치가 별로 없었다. 삶을 알기 위해서라면 얼마든지 비싼 대가를 치러도 좋았다.

그는 도리언의 영혼이 이 순결한 소녀에게 향하고 그녀 앞에 숭배하며 절하는 것이 자신의 어떤 말 때문이란 것, 음악적인 선율 속의 어떤 말 때문이란 걸 의식하고 있었다. 그 생각이 들자 그의 갈색 마노 같은 눈에 기쁨의 빛이 떠올랐다. 그 청년은 자신의 창작품이라 할 수 있었다. 그는 도리언을 지나치게 빨리 성숙하게 만들었다. 그건 대단한 일이다. 보통 사람들에게는 삶의 비밀이 그대로 닫혀버리게 되지만, 소수의 선택된 자들에게는 베일이 벗겨지기도 전에 삶의 신비가 드러난다. 때로 이것은 예술의 영향, 주로 열정과 지성을 즉각적으로 다루는 문학예술의 영향 덕분이다. 그러나 때로 복잡한 성품을 지닌 한 인물이 나타나 예술의 역할을 대신하기도 한다. 나름대로

한 인간의 성품이 진정한 예술 작품이 되기도 한다. 시, 조각 또는 음악처럼, 살아있는 인간 가운데도 훌륭한 걸작이 있는 것이다.

그렇다. 그 청년은 너무 일찍 성숙해 버렸다. 그는 아직 봄인데도 수확을 하고 있었다. 그에게는 젊음의 맥박과 열정이 있었고, 그는 그것을 의식하게 된 것이다. 그를 지켜보는 건 즐거웠다. 그의 아름다운 얼굴, 아름다운 영혼은 구경할 만한 대상이었다. 그것이 모두 어떻게 끝나든 어떻게 끝날 운명이든 중요하지 않았다. 그는 가장행렬 또는 연극에 등장하는 우아한 인물과도 같았다. 그들의 기쁨은 요원해 보이지만, 그들의 슬픔은 보는 이에게 아름다운 감각을 일깨우고, 그들의 상처는 붉은 장미와도 같은 그런 인물들.

헨리 경이 이런 것들에 대해 꿈꾸며 앉아 있는 동안 문 두드리는 소리가 나더니 하인이 들어와 저녁 식사를 위해 옷을 갈아입을 시간이 되었다고 알렸다. 그는 일어나 거리를 내다보았다. 일몰로 인해 맞은편 집들의 2층 창문이 붉은 황금빛으로 변해 있었다. 창유리가 달구어진 쇠판처럼 타오르고 있었다. 하늘은 빛바랜 장미꽃 같았다. 그는 자기 친구의 불처럼 붉은, 젊은 삶을 생각하고 그것이 모두 어떻게 끝이 날지 궁금해졌다.

그가 12시 반쯤 집에 도착했을 때 전보 하나가 홀 테이블에 놓여 있었다. 그 전보는 도리언 그레이가 보낸 것이었다. 거기에는 그가 시빌 베인과 결혼하기로 약속했다는 내용이 적혀 있었다.

5장

"어머니, 어머니, 나 정말 행복해요!" 소녀가 늙고 지친 표정을 한 여인의 무릎에 얼굴을 묻으며 속삭였다. 그 여인은 우중충한 거실에 놓인 유일한 안락의자에 앉아 있었다. "너무 행복해." 그녀는 계속 되뇌고 있었다. "어머니도 행복하시죠?"

베인 부인은 움찔하며 창백하고 여윈 손을 딸의 머리에 얹었다. "그래!" 그녀가 따라 했다. "시빌, 난 네가 연기하는 걸 볼 때 행복하단다. 넌 연기만을 생각해야 해. 아이작 씨는 우리에게 무척 친절하신데 우린 빚까지 지고 있어."

소녀는 뾰루퉁한 표정으로 올려다보았다. "어머니, 돈이요?" 그녀가 외쳤다. "돈이 무슨 상관이에요? 사랑이 돈보다 훨씬 중요해요."

"빚도 갚고 제임스에게 제대로 의복을 갖춰 입히라고 아이작 씨가 50파운드를 가불해 주셨어. 그걸 잊어선 안 돼, 시빌. 50파운드면 큰돈이다. 아이작 씨는 무척 자상하시다."

"그래도 신사는 아니에요, 어머니. 그리고 그가 말을

거는 태도가 마음에 안 들어요.”

소녀는 벌떡 일어나 창가로 걸어가며 말했다.

“그 사람 없이 우리가 어떻게 살 수 있었겠니?”

나이 든 여인이 투덜거리며 대답하자 시빌 베인이 머리를 젖히고 웃었다.

“그 사람은 더 이상 필요 없어요, 어머니. 프린스 차밍이 이제 우리 삶을 이끌어 줄 거예요.”

그녀는 말을 멈추었다.

그녀의 혈관에 장미꽃이라도 피어난 듯이 그녀의 뺨이 붉게 물들었다. 숨이 가빠지자 그녀의 꽃잎 같은 입술이 벌어지면서 부들부들 떨렸다.

“난 그를 사랑해요.”

그녀가 잘라 말했다.

“어리석은 것! 어리석은 것!”

앵무새 같은 대답이 뒤따랐는데, 가짜 보석으로 치장한 굽은 손가락을 내저으며 말해서 더 기이하게 들렸다. 소녀는 다시 웃었다. 그녀의 목소리에는 새장 속에 갇힌 새의 기쁨 같은 것이 깃들어 있었다. 그녀의 눈빛에는 선율이 담겨 있었고, 밝게 빛나는 가운데 그 선율이 울려 퍼졌다. 그녀는 비밀을 감추듯이 잠시 눈을 감았다. 다시 눈을 뜨자 꿈의 안개 같은 것이 스쳐 갔다.

"어머니, 어머니."

그녀가 외쳤다.

"그는 왜 나를 그렇게 사랑할까요? 내가 그를 사랑하는 이유는 알아요. 그건 그 사람이 바로 큐피드 본인이기 때문이에요. 하지만 그 사람은 내게서 뭘 보는 거지요? 난 그 사람의 사랑을 받을 자격이 없어요. 하지만, 글쎄요. 잘 모르겠어요. 내가 그 사람보다 훨씬 못하다는 건 알지만, 비굴한 느낌은 없어요. 자랑스러워요. 무척 자랑스러워요. 어머니, 어머니도 내가 프린스 차밍을 사랑하는 것처럼 아버지를 사랑했었나요?"

나이 든 여인의 낯빛이, 얼굴을 칠한 싸구려 가루분 아래서 창백해지고, 마른 입술이 고통스럽게 뒤틀렸다. 시빌은 그녀에게 달려가 팔로 목을 감싸고 키스를 했다. "어머니, 용서해주세요. 아버지 얘기를 하는 게 어머니를 고통스럽게 할 뿐이란 걸 알고 있어요. 하지만 아버지를 너무 사랑해서 그런 거잖아요. 그런 슬픈 표정 짓지 말아요. 20년 전 엄마가 그랬던 것만큼 나도 행복해요. 영원히 행복했으면 좋겠어요!"

"얘야, 넌 사랑에 빠지기엔 너무 어려. 게다가 그 청년에 대해 네가 아는 게 뭐가 있니? 이름조차 모르고 있잖아. 모든 게 무척 걱정스럽구나. 정말 제임스가 호주로 곧 떠날 텐데 생각할 것도 많고. 네가 내 사정을 좀 생각해 주면 좋을 텐데. 하지만, 말했듯이, 그 사람이 부자라면….”

“아! 어머니, 어머니. 난 그저 행복하고 싶어요!”

베인 부인은 그녀를 쳐다보고, 무대에 오래 선 사람에게 제2의 본성이 되어버린 연극 같은 동작으로 딸을 팔에 안았다. 이때 문이 열리며 거친 갈색 머리의 젊은이가 방 안에 들어섰다. 그는 땅딸한 몸집에 손과 발이 크고 행동거지가 좀 어설픈 게 누이보다 많이 부족해 보였다. 베인 부인이 아들에게 시선을 고정시키고 미소를 지어 보였다. 시빌은 달려가 그를 껴안았다. 제임스 베인은 누이의 얼굴을 다정하게 들여다보았다.

“누나와 함께 산책 좀 했으면 좋겠어. 난 이 끔찍한 런던을 다시 보게 될 것 같지 않아. 정말 그러고 싶지 않을 것 같아.”

“아들아, 그런 끔찍한 얘기 하지 마라.”

베인 부인이 한숨을 쉬며 번지르르한 무대의상을 집어 들고 깁기 시작하면서 중얼거렸다.

“어머니, 왜요? 난 진심인데요.”

“아들아, 네가 날 고통스럽게 하는구나. 난 네가 돈을 많이 벌어서 호주에서 돌아올 거라 믿는다. 식민지에는 사교계라고는 없다고 하던데, 돈을 벌게 되면 돌아와서 런던에서 자리를 잡아야지."

"사교계요!" 젊은이가 투덜거렸다. "그런 건 알고 싶지도 않아요. 그저 어머니와 시빌이 무대에 서지 않게 하려고 돈을 버는 거예요. 정말 싫거든요."

"아, 짐!" 시빌이 웃으면서 말했다. "짐, 너무했다! 그런데 정말 나와 산책 나갈 거니? 마지막 오후를 나와 함께 보내다니 너무 좋다. 어디로 갈까? 파크 거리에 갈까?"

"내가 너무 초라하잖아." 그가 인상을 찌푸리며 말했다. "멋지게 차려입은 사람들만 파크 거리에 나오는 거 아냐?"

"짐, 말도 안 돼." 그녀가 그의 코트 소맷자락을 쓰다듬으며 속삭였다.

"알았어." 그가 잠시 망설인 후 말했다. "하지만 옷 갈아입는 데 너무 시간 낭비하지 마."

그녀는 춤을 추듯 밖으로 나갔다. 그녀가 2층으로 올라가며 노래하는 소리가 들려왔다. 그녀의 조그만 발이 머리 위에서 타박타박 소리를 냈다.

그는 방을 두세 번 왔다 갔다 하다가 의자에 가만히 앉아 있는 여인에게 몸을 돌렸다.

"어머니, 드릴 말씀이 있어요. 시빌을 잘 돌봐 주세요."

"제임스, 너 말 참 이상하게 한다. 당연히 시빌을 잘 돌보지."

"어떤 신사가 밤마다 극장을 찾아와 무대 뒤로 와서 시빌과 얘기를 나눈다는 말을 들었어요. 사실인가요? 어떻게 생각하세요?"

"제임스 넌 잘 알지도 못하는 얘기를 하고 있구나. 직업상 우리는 사람들 관심을 많이 받아. 나도 꽃다발을 꽤 받곤 했지. 시빌이 그를 얼마나 좋아하는지 현재로서는 잘 알 수 없지만, 그 젊은이가 완벽한 신사라는 것은 틀림없다. 늘 내게 예의바르게 행동하고, 게다가 부자 같던데. 보내주는 꽃이 얼마나 예쁘던지."

"하지만 그 사람 이름도 모르잖아요." 젊은이가 거칠게 대답했다.

"그래, 몰라." 그 어머니가 차분한 표정으로 대답했다. "그 사람은 아직 진짜 이름을 밝히지 않았어. 무척 낭만적이지 않니? 그는 아마도 귀족 가문일 거야."

제임스 베인은 입술을 깨물었다. "어머니, 시빌을 잘 돌보세요." 그가 외쳤다.

"아들아, 나를 너무 괴롭히는구나. 난 늘 시빌을 특별히 잘 돌보고 있어. 물론 이 신사가 부유하다면 그와 맺어지지 말란 법은 없지. 그 사람은 귀족일 거다. 그는 귀족다운 외모를 갖추고 있거든. 시빌에게는 무척 훌륭한 결혼이 될 거야. 그 둘은 매력적인 부부가 될 거다. 그 사람은 무척 잘생겼어. 사람들이 다 알아보더라."

젊은이는 뭔가 혼잣말을 하면서 거친 손가락으로 창유리를 가볍게 두드렸다. 그가 뭔가 말하려고 돌아서는 순간 문이 열리며 시빌이 달려 들어왔다.

"두 사람 다 왜 이리 심각해요!" 그녀가 외쳤다. "무슨 일이에요?"

"아무것도 아니야." 그가 대답했다. "사람은 때로 심각해져야 하거든. 어머니, 다녀올게요. 5시에 저녁을 먹을 거예요. 짐은 다 싸 놨으니 신경 쓰실 필요 없어요."

그들은 바람이 불어 간간 끊어지는 듯한 햇살 아래로 나와 황량한 유스턴 거리를 산책했다. 행인들은 거칠고 맞지 않은 옷을 입은 뚱하고 뚱뚱한 청년이 무척 우아하고 세련되어 보이는 처녀와 걸어가는 것에 놀라 쳐다보았다.

청년은 집을 떠나게 되어 마음이 아팠다. 그러나 그를 우울하고 침울하게 만드는 건 그것 때문만이 아니었다. 그는 경험은 없었지만, 시빌의 입장이 불안하다는 걸 피부로 느끼고 있었다. 그녀에게 연애를 걸고 있는 이 젊은 멋쟁이가 그녀에게 도움이 전혀 되지 않을 수도 있었다. 그가 신사라는 사실 때문에 그가 더 싫었다. 짐은 설명할 수 없는 어떤 이상한 본능, 설명할 수 없기에 더욱 그를 지배하는 본능 때문에 그를 더 미워했다. 그는 자기 어머니의 본성이 얄팍하고 허영에 차 있다는 것 또한 잘 알고 있었다. 그렇기 때문에 시빌과 시빌의 행복이 끝없이 위험에 처하게 된다는 것도 의식하고 있었다. 자식은 처음엔 부모를 사랑하고 나이가 들면서 그들을 심판하고 때로 부모를 용서한다.

"새 친구가 생겼다는 얘기 들었어. 그 사람 누구야? 그 사람 얘기 왜 내게 안 했어? 그 사람 누나에게 전혀 도움 안 돼."

"그 사람 얘기 나쁘게 하지 마. 난 그를 사랑해."

"아니, 그 사람 이름도 모르면서." 청년이 대답했다. "그 사람 누구야? 내겐 알 권리가 있어."

"그 사람 이름은 프린스 차밍이야. 이 이름이 마음에 안 들어? 아! 이 어리석은 아이야! 그를 보기만 하면 너는 그가 세상에서 가장 멋진 사람이라고 생각하게 될 거야. 언젠가 만나게 될 거야. 호주에서 돌아오면. 넌 그 사람을 무척 좋아할 거야. 그리고 난… 그를 사랑해. 오늘 밤 네가 극장에 오면 좋겠다. 그 사람이 오기로 했거든. 난 줄리엣을 연기할 거야. 아! 어떻게 줄리엣을 표현할까! 짐, 상상해 봐. 사랑에 빠져 줄리엣을 연기한다는 것! 그 사람이 저기 앉아 있는데! 그를 기쁘게 하기 위해 연기하는 것!

나는 느껴. 이 모든 게 그 사람, 단지 그 사람 프린스 차밍, 나의 멋진 연인, 나의 아름다운 신을 위한 것이야. 하지만 그 사람에 비하면 난 가난해. 가난? 그게 무슨 상관이야?"

"그 사람은 신사 계급이야." 청년이 뚱하게 말했다.

"프린스라니까!" 그녀가 노래하듯이 말했다. "뭘 더 바라니?"

"그는 누나를 노예로 삼고 싶어 할 거야."

"해방될까 봐 무섭다."

"난 누나가 그를 좀 조심했으면 좋겠어."

"그를 보면 숭배하게 되고, 그를 알면 신뢰하게 돼."

"시빌, 그 사람한테 완전히 빠졌구나."

그녀는 웃으며 그의 팔을 잡았다. "사랑하는 짐, 너는 100살이라도 된 것처럼 말하는데 너도 언젠가 사랑에 빠지면 그게 어떤 건지 알게 될 거야."

시빌은 답답해졌다. 그녀는 기쁨을 전달할 수가 없었다. 갑자기 그녀는 깜짝 놀라 멈춰 섰다. 도리언 그레이가 귀부인 둘과 마차를 타고 지나갔던 것이다.

"그 사람 저기 있네." 그녀가 외쳤다.

"누구?" 짐 베인이 말했다.

"프린스 차밍."

마차를 계속 쳐다보며 그녀가 대답했다.

그는 벌떡 일어나 그녀의 팔을 거칠게 잡았다.

"그 사람 보여 줘. 어느 사람이야? 손가락으로 가리켜 봐. 꼭 좀 봐야겠어."

그가 외쳤다. 하지만 그 순간 버릭 공작의 사두마차가 끼어들어, 다시 보이게 되었을 때는 마차가 파크 거리를 벗어나고 말았다.

"가 버렸네. 네가 그 사람을 봤으면 했는데."

시빌이 슬프게 중얼거렸다.

"꼭 보고 싶었는데. 정말 맹세코 그자가 누나에게 잘못하면 죽여 버릴 거야."

그녀는 겁에 질려 그를 바라보았다. 그는 그 말을 반복했다. 그 말이 단검처럼 공중을 갈랐다.

"짐, 바보야, 정말 어리석다. 못됐어. 정말이야. 어떻게 그렇게 끔찍한 말을 할 수가 있어? 무슨 말을 하는지도 모르고. 너는 질투심 많고 불친절한 거야. 아! 너도 사랑에 빠져봤으면 좋겠다. 사랑은 사람들을 착하게 만들거든. 네가 한 말은 사악해."

"나 열여섯 살이야." 그가 대답했다. "나는 잘 알고 행동해. 어머니는 누나에게 도움이 전혀 안 돼. 어머니는 누나를 돌보는 법을 이해하지 못한다구. 나 지금은 호주에 정말 가고 싶지 않아. 정말 다 그만두고 싶어. 계약서에 서

명만 안 했으면 다 그만둘 텐데."

"아, 짐, 그렇게 심각하게 굴지 마. 나는 그 사람을 봤어. 아! 그를 보는 것만으로도 너무 행복해. 말다툼하지 말자. 넌 내가 사랑하는 사람을 해치지 않을 거야. 그렇지?"

"누나가 그 사람을 사랑하는 한 그렇게는 안 하지." 그가 뚱하게 대답했다.

"난 그를 영원히 사랑할 거야." 그녀가 외쳤다.

"그 사람 쪽에서는?"

"물론 마찬가지고!"

"그러는 게 좋을 거야."

그녀는 웃으며 그의 팔에 손을 얹었다. 그는 아직 소년일 뿐이었으니까.

6장

"바질, 소식 들었지?"

그날 밤 홀워드가 세 사람을 위한 식사가 차려진 브리스틀에 있는 조그만 방으로 들어섰을 때 헨리 경이 말했다.

"아니. 무슨 소식인데? 정치에 관한 일은 아니겠지? 정치 쪽에는 영 관심이 없어서. 하원에는 그림을 그릴 만한 인물이 없어. 회반죽을 칠해 버리는 게 나을 사람들은 많지만."

예술가가 모자와 코트를 하인에게 건네며 대답했다.

"도리언 그레이가 약혼을 했다는군."

헨리 경이 바질을 지켜보며 말했다.

"도리언이 약혼을 해! 그럴 리가 없어!"

홀워드는 깜짝 놀라 외치며 인상을 찌푸렸다.

"사실이야."

"누구랑?"

"어떤 조그만 여배우인지 그런 사람."

"믿을 수가 없어. 도리언은 그보다는 분별력이 있어."

"이봐, 바질, 도리언은 영리하기 때문에 때때로 어리석은 짓을 저지르는 거야."

"해리, 자네 그 일을 찬성하는가? 아닐걸. 그건 어리석은 일시적인 연애 감정인데."

화가는 입술을 깨물며 방 안을 왔다 갔다 하면서 말했다.

"지금 난 찬성도 반대도 안 해. 난 평범한 사람들이 하는 말에 전혀 신경 쓰지 않는 것처럼, 매력적인 사람들이 하는 일은 전혀 간섭하지 않아. 내 마음에 드는 사람이 선택하는 건 뭐든 무조건 마음에 들어. 도리언 그레이가 줄리엣을 연기하는 아름다운 소녀와 사랑에 빠져 결혼을 청하는 것. 왜 안 되겠어? 그가 메살리나와 결혼한다 해도 그는 여전히 매력적이지. 모든 경험은 가치가 있어. 사람들이 결혼에 뭐라고 반대하든 간에 그건 분명 하나의 경험이야. 나는 도리언 그레이가 이 소녀를 아내로 삼고 여섯 달 동안 열렬히 그녀를 숭배하고 갑자기 다른 사람에게 매혹되기를 바라. 그는 훌륭한 연구 대상이 될 거야. 그런데 여기 도리언이 왔군. 도리언에게서 직접 듣는 게 나을 거야."

"사랑하는 해리, 사랑하는 바질, 두 분 축하해 주세요."

청년이 이브닝 망토를 집어 던지고 차례로 친구들과 악수를 하면서 말했다.

"이렇게 행복한 적은 없었어요. 물론 갑작스럽겠지요.

하지만 원래 정말 기쁜 일들은 다 그렇잖아요. 하지만 이건 내가 평생 찾고 있던 바로 그 일 같아요."

그는 흥분과 기쁨으로 얼굴이 붉어졌고 인물이 너무나도 훤해 보였다.

"도리언, 자네가 늘 행복하길 바라네. 하지만 약혼 얘기 안 한 건 용서하지 않겠어. 해리에게는 말했으면서."

"난 자네가 저녁시간에 늦은 걸 용서하지 않겠어. 자, 앉아서 식사 먼저 할까. 그러고 나서 우리에게 어떻게 된 건지 자초지종을 얘기해 주게."

작은 원탁에 앉으며 헨리 경이 말했다.

"해리, 어젯밤 당신과 헤어진 후 식사를 하고 8시에 극장으로 갔어요. 시빌이 로잘린드를 연기하고 있었지요. 당신은 그녀를 봤어야만 해요. 그녀가 남자 복장을 하고 무대에 올랐는데 정말 완벽했어요. 그녀는 계피 색 소매가 달린 이끼 색깔의 벨벳 조끼를 입고, 가느다란 갈색 양말에 T자 모양 대님을 하고, 매의 깃털을 보석으로 고정시킨 조그만 예쁜 초록색 모자를 쓰고, 붉은 선을 두른 모자 달린 외투를 입고 있었어요. 그녀가 그보다 더 매력적으로 보인 적은 없었어요. 그녀는 타고난 예술가예요. 난 완전히 매혹된 채 우중충한 칸막이 좌석에 앉아 19세기 런던에 있다는 사실을 잊었지요. 나는 사랑하는 사람과 아무도 본 적이 없는 숲에 와 있었어요. 공연이 끝난 후 나는 무대 뒤로 가서 그녀와 이야기를 나누었지요. 함께 앉아 있을 때 그녀의 눈에 전에 보지 못했던 빛이 어렸어요. 내 입술이 그녀 입술로 향했어요. 우리는 키스를 했지요. 그 순간 내가 느낀 감정을 당신에게 설명할 수가 없어요. 나의 모든 생명이 장밋빛 기쁨의 완벽한 순간으로 수렴되는 것 같았어요. 그녀는 온몸을 떨고 하얀 수선화처럼 흔들렸어요. 그러더니 그녀가 무릎을 털썩 꿇고는 내 손에 마구 입을 맞췄어요. 이 말을 해서는 안 될 것 같지만, 어쩔 수가 없어요. 물론 우리 약혼은 절대 비밀이에요. 그녀는 자기 어머니에게도 말하지 않았어요. 내 후견인이 뭐라 할지 모르겠어요. 래들리 경은 분명 화를 낼 거예요. 상관없어요. 성인이 될 날이 1년도 채 안 남았고, 그때가 되면 뭐든 내 마음대로 할 수가 있어요."

헨리 경은 생각에 잠긴 채 샴페인을 홀짝였다.

"도리언, 정확히 어떤 시점에 결혼이란 단어를 언급했지? 그녀가 뭐라고 대답하던가?"

"해리, 나는 그 일을 사업 거래하듯이 하지 않아요. 정식으로 프러포즈를 하진 않았어요. 그녀에게 사랑한다고 했더니, 자긴 내 아내가 될 가치가 없다고 했어요. 가치가 없다니! 온 세상을 준다 해도 그녀와 바꾸지 않을 텐데요."

"여자들은 늘 현실적이지."

헨리 경이 중얼거렸다.

"우리보다 훨씬 현실적이야. 그런 상황에서 우리는 결혼에 대해 뭔가 말해야 하는 걸 종종 잊어버리는데, 여자들은 늘 결혼 문제를 상기시키거든."

"해리, 당신은 정말 구제불능이에요. 하지만 괜찮아요. 당신이 시빌 베인을 보면 그녀에게 못되게 구는 남자는 냉혹한 짐승이라고 생각하게 될 거예요. 나는 시빌 베인을 사랑해요. 나는 그녀를 황금의 연단 위에 올려두고 싶어요. 세상 사람들이 내 여자를 숭배하는 걸 보고 싶어요. 결혼이 뭔데요? 돌이킬 수 없는 맹세예요. 당신은 그 때문에 결혼을 비웃지요? 아! 비웃지 말아요. 난 바로 그 돌이킬 수 없는 맹세를 하고 싶으니까요. 그녀의 신뢰가 나를 충실하게 만들고 그녀의 믿음은 나를 선하게 만들어요. 내가 그녀와 함께 있으면 나는 당신이 내게 가르쳐준 것들 모두를 후회해요. 나는 당신이 알던 나와 다른 내가 되었어요. 나는 변했어요. 시빌 베인의 손길이 닿기만 해도 나는 당신을 잊고, 그리고 당신의 그 매혹적이지만 독을 품고 있는 즐거운 이론들은 모두 잊어버리게 돼요."

"이론들?"

헨리 경이 샐러드를 먹으며 물었다.

"아, 당신의 인생에 관한 이론들 말이에요. 당신의 사랑에 대한 이론, 쾌락에 대한 이론들. 당신의 모든 이론들 말이에요. 해리."

"쾌락이야말로 유일하게 이론이 나올 만한 가치가 있는 것이지."

헨리 경이 노래를 부르는 듯한 느린 목소리로 대답했다. "하지만 난 내 이론을 내 것이라고 못하겠는데. 그건 내 이론이 아니라 자연 자체의 이론이니까. 쾌락은 자연이 가하는 시험이자, 승인의 표시야. 우리는 행복하면 늘 착하지만, 착할 때 늘 행복한 건 아니야."

"아! 자네가 말하는 그 착하다는 게 뭔데?" 바질 홀워드가 외쳤다.

"그래요. 착하다는 게 뭐예요, 해리?"

도리언이 의자에 기대 앉아 테이블 한가운데 놓인 풍성한 자줏빛 아이리스 다발 위로 헨리 경을 바라보며 물었다.

"착하다는 건 자신의 자아와 조화를 이루는 거야."

그가 창백하고 가느다란 손가락으로 와인 잔의 오목한 부분을 만지며 대답했다.

"부조화란 억지로 다른 사람과 조화를 이루게 강요당

하는 것이고. 자기 자신의 삶, 그것이 가장 중요한 거야. 이웃의 삶에 대해서 말하면, 도덕군자나 청교도가 되고 싶다면 이웃들에게 자신의 도덕관을 자랑할 수 있겠지만 그건 그 사람의 진정한 관심사가 아니야. 게다가 개인주의에는 보다 고귀한 목표가 있어. 현대의 도덕은 이 시대의 기준을 받아들이라는 것이지. 나는 교양 있는 사람이 이 시대의 기준을 받아들이는 건 가장 천박한 부도덕의 한 양식라고 생각해."

"하지만, 해리, 자신의 자아를 위해서만 산다면, 그 대가를 톡톡히 치르게 되지 않을까?" 화가가 조심스럽게 말했다.

"그래. 이 시대는 요구가 너무 많아. 내 생각에 가난한 자들의 진정한 비극은 자아를 부인하는 것 외에는 아무것도 할 수 없다는 점이야. 아름다운 사물과 마찬가지로 아름다운 죄는 부유한 자들만의 특권이야."

"사람은 돈 말고 다른 방식으로 대가를 치러야 해."

"바질, 어떤 방식 말인가?"

"아! 뭐 회한이라든가 고통이라든가…. 글쎄, 타락하고 있다는 걸 의식하는 것 말이야."

헨리 경이 어깨를 으쓱했다.

"이 친구야, 중세 미술은 매력적이지만, 중세적 정서는 시대에 뒤진 거야. 내 말을 믿어. 문명인이라면 쾌락을 유감스러워하는 일은 없어. 그리고 비문명인은 쾌락이 무엇인지 결코 알지를 못하고."

"난 쾌락이 뭔지 알아요."

도리언 그레이가 외쳤다.

"그건 누군가를 사랑하는 거예요."

"그게 사랑 받는 것보다 분명 낫지."

헨리 경이 과일을 만지작거리며 대답했다.

"사랑 받는 건 귀찮은 거야. 여성은 인류가 신을 대하듯이 우리 남성을 대하지. 우리를 숭배한단 말이야. 그리고 늘 우리로 하여금 자기들을 위해 뭔가를 하게끔 귀찮게 하지."

"여성이 우리에게 요구하는 게 무엇이든, 우리 남성에게 먼저 주었을 거예요."

청년이 심각하게 중얼거렸다.

"여성은 우리 남성의 본성에 사랑을 창조해 주지요. 그들은 사랑을 돌려달라고 요구할 권리가 있어요."

"도리언, 그거 정말 진실이야."

홀워드가 외쳤다.

"진실이란 드물어."

헨리 경이 말했다.

"이건 진실이에요. 해리, 여성이 남성에게 자기들 삶의 황금을 준다는 것은 인정해야 해요."

도리언이 끼어들었다.

"그럴지도 모르지."

그가 한숨을 쉬었다.

"하지만 여성은 끊임없이 조그만 잔돈푼으로 그 황금을 되돌려달라고 해. 그게 문제지. 여성은 어떤 재치 있는 프랑스인이 말했던 것처럼, 우리에게 걸작을 만드는 욕망을 불러일으키고는 그것을 실현하는 것을 계속 방해하는 존재야."

"해리, 당신은 끔찍해요! 내가 왜 당신을 좋아하는지 모르겠어요. 자, 우리 극장에 가요. 시빌이 무대에 나오면 당신들은 삶에 대해 새로운 이상을 갖게 될 거예요. 그녀는 당신들이 몰랐던 무언가를 상징할 거예요."

"난 모든 걸 아는데."

헨리 경이 눈에 피곤한 표정을 담고 말했다.

"그래도 난 늘 새로운 감정을 맛볼 준비가 되어 있어. 하지만 어쨌든 내게 그런 새로운 감정 같은 건 없을 거라고 생각돼. 하지만 자네의 멋진 소녀가 나를 흥분시킬지도 모르지. 나는 연기를 좋아해. 연기가 삶보다 훨씬 더 리얼하거든. 이제 가볼까? 도리언, 자네는 나와 함께 가지.

바질, 미안해. 사륜마차에 자리가 둘밖에 없어. 자네는 이륜마차로 따라와야겠는데."

그들은 일어서서 커피를 홀짝이며 코트를 입었다. 화가는 말없이 뭔가에 몰두하고 있었다. 그가 뭔가 우울해 보였다. 그는 이 결혼을 견딜 수가 없었다. 그래도 일어날 수 있는 최악의 일은 아니었다. 몇 분 후 그들은 모두 아래층으로 내려갔다. 화가는 헨리 경 말대로 혼자 마차를 타고 가면서, 앞에 가는 조그만 사륜마차의 불빛을 바라보았다. 이상한 상실감이 그를 엄습했다. 그는 도리언 그레이가 다시는 예전의 도리언이 될 수 없을 것 같다는 기분이 들었다. 삶이 그들 사이에 끼어들었다…. 그의 눈이 어두워졌고, 사람들로 붐비는 번쩍거리는 길거리가 흐릿해지기 시작했다. 마차가 극장에 도달했을 때 그는 몇 년 더 늙은 기분이었다.

7장

그날 밤 극장은 사람들로 꽉 찼고, 그들을 문간에서 맞이한 뚱뚱한 유대인은 느끼하면서도 긴장된 미소로 입이 찢어질 지경이었다. 그는 보석으로 치장한 통통한 손을 휘저으면서 목소리를 있는 대로 높여서 아부하는 태도로 그들을 특별석으로 안내했다. 도리언 그레이는 그 어느 때보다 더 그를 혐오했다. 그는 미란다를 만나러 왔다가 칼리반을 만난 기분이었다. 한편 헨리 경은 오히려 그를 마음에 들어 하며 악수까지 했다. 홀워드는 일층석의 사람들을 바라보며 흥미로워했다. 안은 열기로 너무 답답했고 노란 불꽃처럼 타오르는 끔찍한 달리아 꽃을 연상시키는 거대한 태양이 빛나고 있었다. 2층석의 젊은이들은 코트와 조끼를 벗어 옆에 걸어 놓았다. 그들은 좌석 너머로 떠들면서 옆에 앉은 여자애들과 오렌지를 나누어 먹었다. 1층석에서 여자들이 웃는 소리가 들려왔다. 그 소리는 끔찍할 정도로 날카롭고 시끄러웠다. 코르크 마개를 따는 소리가 술 판매대 쪽에서 들려왔다.

"어떻게 이런 데서 신성한 존재를 찾아냈다는 거야!" 헨리 경이 말했다.

"그래요!" 도리언 그레이가 말했다. "여기가 바로 내가 그녀를 찾아낸 곳이에요. 그리고 그녀는 모든 살아 있는 것을 초월하는 신성한 존재예요. 그녀가 연기를 하면 모든 걸 잊게 될 거예요. 야만적인 거친 사람들도 그녀가 무대에 오르면 변해버려요. 그들은 말없이 앉아 그녀를 바라보며 그녀가 원하는 대로 웃고 울고 해요."

"자네가 설명한 그런 영향을 주는 소녀라면 분명히 훌륭하고 숭고하겠지. 이 소녀가 영혼 없이 사는 사람들에게 영혼을 부여할 수 있다면, 지저분하고 추한 삶을 삶던 사람들에게 미적 감각을 창조해 줄 수 있다면, 그녀가 그들에게서 이기심을 벗겨 내고 자기들 것이 아닌 슬픔에 눈물을 흘릴 수 있게 해 준다면, 그녀는 자네의 숭배를 받을 만하고, 세상 사람들의 숭배를 받을 가치가 있어. 이 결혼은 무척 옳은 일이야. 처음에는 그렇게 생각하지 않았다는 거 인정해. 신들이 자네를 위해 시빌 베인을 만드신 거야. 그녀 없이 자네는 불완전해."

화가가 말했다.

"바질 고마워요."

도리언 그레이가 그의 손을 누르며 대답했다.

15분쯤 지난 후, 엄청난 박수갈채 속에 시빌 베인이 무대로 올라왔다. 그랬다. 그녀는 아름다웠다. 그녀의 수줍은 듯한 우아한 태도와 놀란 눈에는 새끼 사슴 같은 뭔가가 담겨 있었다. 그녀가 관객이 꽉 찬 흥분된 극장 안을 바라볼 때, 은거울에 비친 장미의 영상 같은 희미한 홍조가 그녀의 뺨을 스치고 지나갔다. 바질 홀워드는 벌떡 일어나 박수를 치기 시작했다. 도리언 그레이는 꿈꾸는 것처럼 그녀를 바라보며 꼼짝도 하지 않고 앉아 있었다. 헨리 경은 "매력적이야! 매력적이야!" 하고 중얼거리며 오페라 글라스를 통해 쳐다보고 있었다.

장면은 캐풀릿 집안의 홀이었다. 로미오가 순례자의 의상을 하고 머큐쇼와 다른 친구들과 함께 들어섰다. 악대가 음악 몇 소절을 연주하자 춤이 시작되었다. 흉하고 남루한 차림의 배우들 사이에서 시빌 베인이 더 아름다운 세계에서 내려온 존재처럼 움직였다.

그러나 그녀는 이상하게 맥이 없었다. 그녀의 시선이 로미오를 향해 있을 때도 아무런 기쁨의 표현이 없었다. 몇 마디 짤막한 대사가 있었는데 무척 인위적인 태도로 대사를 처리했다. 목소리는 아름다웠지만 생명감이 사라지고 없었다.

도리언 그레이는 그녀를 바라보며 창백해졌다. 그는 당황하고 초조했다. 그의 친구들 누구도 그에게 아무런 말도 해 줄 수 없었다. 그녀는 무능해 보였고 그들은 무척

이나 실망하고 말았다.

하지만 그들은 줄리엣의 진정한 평가는 2막의 발코니 장면에 있다고 생각해서 그 장면을 기다렸다. 그녀가 거기서도 실패하면 그녀는 보잘것없는 존재였다.

그녀가 달빛 속으로 등장할 때 무척 매력적으로 보였다. 그 사실은 부인할 수 없다. 그러나 그녀의 연기의 연극적 요소는 참을 수 없을 정도였고 점점 더 심해졌다. 제스처는 우스꽝스럽게 인위적이었고 대사는 지나치게 과장되었다. 그녀는 완전한 실패했다.

관객들은 시끌시끌해지면서 야유를 보내기 시작했지만, 소녀는 전혀 상관하지 않았다. 2막이 끝나자 야유가 폭풍처럼 일어났고, 헨리 경은 자리에서 일어났다.

"도리언, 그녀는 아름답지만 연기는 못하는데. 가지, 그만."

"두 분께 죄송해요. 난 끝까지 남겠어요."

청년이 단호하면서 비통한 음성으로 대답했다.

"도리언, 이 친구야, 베인 양이 몸이 아픈가 봐."

바질 홀워드가 끼어들었다.

"아픈 거면 좋겠어요. 하지만 그저 무감각하고 냉담한 것같이 보여요. 그녀가 완전히 변했어요. 어젯밤 그녀는 위대한 예술가였는데, 오늘 밤엔 그저 흔한 보잘것없는 여배우에 불과해요."

"이 친구, 그런 비극적인 표정 짓지 말게! 바질과 나와 함께 클럽에 가지. 담배도 피우고 시빌 베인의 아름다움에 건배하며 술을 마실까. 그녀는 아름다운데, 더 뭘 원하나?"

헨리 경이 말했다.

"해리, 가 버려요. 혼자 있고 싶어요. 바질, 당신도 가요. 아! 내 마음이 터지는 게 안 보여요?"

그의 눈에서 뜨거운 눈물이 솟아올랐다.

몇 분 후 무대의 불이 켜졌다. 세 번째 막의 커튼이 올랐다. 도리언 그레이는 창백하고 도도하고 무관심해 보였다. 극은 질질 끌듯이 계속되었고, 관객들은 발을 쾅쾅 구르고 비웃으며 나가버렸다. 마지막 막에 이르자 연극은 거의 관중석이 빈 채 계속되었다. 비웃음과 신음 소리가 들리는 가운데 막이 내렸다.

극이 끝나자마자 도리언 그레이는 무대 뒤 분장실로 달려갔다. 그 소녀는 얼굴에 승리의 표정을 담은 채 혼자 서 있었다. 그녀의 눈은 이상야릇한 불길로 타오르고 있었다. 그녀에게는 광채 같은 것이 있었다. 그녀의 벌어진 입술은 자신만의 어떤 비밀을 담고 미소 짓고 있었다.

그가 들어서자 그녀가 바라보았다. 무한한 기쁨의 표

정이 나타났다.

"도리언, 나 오늘 연기 형편없었죠!" 그녀가 외쳤다.

"끔찍했어! 끔찍했다고! 너무 엉망이었어. 어땠는지 상상도 못할 거야. 내가 얼마나 고통스러웠는지 모를 거라고."

그녀가 미소 지었다. "도리언. 지금은 이해하지요? 당신을 알기 전에는 연기만이 내 삶의 유일한 현실이었어요. 나는 오로지 극장에서만 삶을 영위했지요. 나는 그것이 진실이라고 생각했어요. 나는 하루는 로잘린드였고, 다른 날은 포샤였어요. 베아트리체의 기쁨이 나의 기쁨이었고 코딜리아의 슬픔이 나의 슬픔이었지요. 나는 이 모든 것을 믿었어요. 나하고 연기하는 평범한 사람들이 내게는 신처럼 보였어요. 색칠한 무대배경이 나의 세계였고요. 나는 그림자만을 알았던 거고, 그걸 현실로 생각했던 거지요. 그런데 당신이 나타났어요. 아, 나의 아름다운 사랑! 그리고 당신은 나의 영혼을 감옥에서 해방시켜 주었어요. 당신은 진정한 현실이 무엇인지 내게 가르쳐 주었어요. 오늘 밤 평생 처음으로 내가 늘 연기해 왔던 텅 빈 연극의 공허함, 거짓, 어리석음을 꿰뚫어 보았어요. 오늘 밤 처음으로 나는 로미오가 흉하고 늙고 화장한 인물이라는 걸 의식하게 되었고, 과수원의 달빛이 가짜이며 배경이 저속하고, 내가 하는 말이 비현실적이고 나의 언어가 아니며 내가 하고 싶은 말도 아니라는 걸 의식하게 되었어요. 당신은 내게 고귀한 걸 주었어요. 그에 비하면 모든 예술은 단지 그림자에 불과해요. 당신은 사랑이 무엇인지 알게 해 주었어요. 내 사랑! 내 사랑! 프린스 차밍, 내 인생의 왕자님! 나는 그림자에 질렸어요. 당신은 내게 그 어떤 예술보다 훨씬 중요해요. 연극의 꼭두각시들과 내가 무슨 상관이에요? 나는 사람들이 야유하는 소리를 듣고 미소 지었지요. 사람들이 우리 사랑에 대해 뭘 알 수 있겠어요? 도리언, 나를 데려가 줘요. 우리끼리만 있을 수 있는 곳으로 나를 데려가 줘요. 이 무대가 싫어요. 내가 느끼지 않는 열정을 흉내 낼 수는 있겠지만, 내게서 불처럼 타오르고 있는 열정은 흉내 낼 수 없어요. 아, 도리언, 도리언, 당신은 이게 무엇을 의미하는지 이해하겠지요? 설사 해낼 수 있다고 해도, 내가 사랑에 빠진 연기를 하는 것은 신성모독이 될 거예요. 당신이 그것을 깨닫게 해 주었어요."

"당신이 내 사랑을 죽여 버렸어. 그래. 당신이 내 사랑을 죽여 버렸어. 당신은 내 상상력을 자극했었어. 당신은 이제 내 호기심도 자극하질 않아. 당신은 아무런 영향도 주지 못하게 된 거야. 나는 당신이 놀랍고 천재성과 지성을 가졌기 때문에 사랑했었고, 위대한 시인의 꿈을 구현했고 예술의 그림자에 형체와 실체를 부여했기 때문에 당신을 사랑했던 거야. 당신은 그 모든 걸 던져 버렸어. 당신은 천박하고 어리석어. 세상에! 당신을 사랑하다니 내가 미쳤었지. 내가 너무 어리석었어! 이제 당신은 내게 아무것도 아니야. 나는 당신을 다시는 만나지 않겠어. 아, 생각하는 것조차 참을 수가 없어! 당신을 만나지 않았더라면 좋았을 것을! 당신이 내 삶의 로맨스를 망쳐버렸어. 당신은 예술이 없으면 아무것도 아니야. 나는 당신을 유명하고 빛나고 훌륭하게 만들어주었을 텐데. 이제 당신은 뭐지? 얼굴 예쁜 삼류 배우에 불과해."

소녀는 하얗게 질려서 부들부들 떨었다. 그녀는 손을 꽉 쥐고 목소리를 내려고 애썼다.

"도리언, 진심 아니지요?"

그녀는 무릎을 펴고 일어나 얼굴에 불쌍한 고통스러운 표정을 담고 그에게 다가갔다. 그녀는 그의 팔에 손을 얹고 눈을 바라보았다. 그는 그녀를 밀쳤다.

"건드리지 마." 그가 외쳤다.

그녀에게서 신음 소리가 터져 나왔다. 그녀는 그의 발에 몸을 던져 짓밟힌 꽃처럼 엎드렸다.

"도리언, 도리언, 나를 버리지 말아요." 그녀가 속삭였다. "아! 오늘 밤 용서해 주면 안 돼요? 열심히 노력해서 나아질게요. 도리언, 당신 말이 맞아요. 나는 더 예술가적 소질을 보였어야만 해요. 내가 어리석었어요. 아, 나를 버리지 말아요, 날 떠나지 말아요."

그는 홱 돌아서서 방을 나갔다. 몇 분 후 그는 극장 밖으로 나와 있었다. 그는 어디로 가고 있는지 알지 못했다. 그저 앙상한 검은 그림자가 드리워진 아치형 다리를 지나 사악해 보이는 집들을 지나 희미하게 불 켜진 거리를 이리저리 방황한다는 것만 의식했을 뿐이다. 거친 목소리에 드센 웃음소리를 내는 여자들이 그를 불렀다. 술주정뱅이들이 욕을 퍼붓고 흉한 원숭이처럼 중얼대면서 비틀거리며 지나갔다. 그는 기괴한 아이들이 문간에 다닥다닥 붙어 있는 걸 봤고 음산한 뜰에서 들려오는 비명과 욕설을 들었다.

새벽이 다가오자 그는 코번트 가든에 이르렀다. 어둠이 걷히면서 하늘이 희미한 빛으로 덮이더니 완벽한 진주색으로 환해졌다. 고개를 까딱거리고 있는 백합들로 가득 찬 거대한 마차가 덜컹거리며 천천히 잘 닦인 텅 빈 거리를 지나갔다. 공기가 꽃향기로 가득해지면서 그 아름다움이 그의 고통을 다소 진정시켜 주었다.

잠시 후 그는 마차를 불러 세워 집으로 갔다. 얼마 후 그는 집으로 돌아와 모자와 외투를 테이블에 던지고 서재를 지나, 침실 쪽으로 걸어갔다. 그가 문손잡이를 돌릴 때, 그의 시선이 바질 홀워드가 그린 자신의 초상화에 꽂혔다. 그리고 그는 다소 당황한 채 자기 방으로 들어갔다. 외투의 단추를 끄르면서 그는 무언가를 망설이는 듯했다. 마침내 그는 다시 그림으로 다가가 들여다보았다. 크림색의 실크 블라인드를 통해 들어오는 희미한 빛 속에서 얼굴이 약간 변한 것처럼 보였다. 표정이 달라 보였다. 입가에 잔인한 필촉이 더해진 것 같았다. 정말 이상했다.

그는 돌아서서 창가로 걸어가 블라인드를 걷어 올렸다. 밝은 새벽빛이 방 안으로 흘러들어 환상적인 그림자들을 먼지 쌓인 구석으로 쓸어내 버렸다. 초상화의 얼굴에서 그가 보았던 이상한 표정이 잠시 머물러 있는 듯하더니 더 심해진 것 같았다. 떨리는 격렬한 태양빛이, 그가 무서운 일을 저지른 후 거울을 보는 것처럼, 분명하게 입 주변의 잔인한 주름을 드러내 보이고 있었다.

그는 움찔했다. 테이블에서 헨리 경이 보낸 많은 선물 중 하나인, 큐피드 모양의 상아 틀 타원형 거울을 황급히 들어, 반짝이는 거울 면을 들여다보았다. 그의 붉은 입술 주변에 그런 뒤틀린 주름은 보이지 않았다. 도대체 어떻게 된 일일까?

그는 눈을 비비고 초상화에 다가가 다시 살펴보았다.

그가 실제 그림을 들여다보았을 때 어떤 변화의 조짐은 보이지 않았지만, 분명 전체적인 표정의 변화가 있었다. 단순한 그의 착각이 아니었다. 그것은 끔찍할 정도로 명백했다.

그는 의자에 털썩 주저앉았다. 갑자기 그의 마음에 그림이 완성된 날 바질 홀워드의 화실에서 했던 말이 스치고 지나갔다. 그렇다. 그는 그 말을 분명하게 기억했다. 그는 자신이 젊은 채 남아 있고, 초상화가 대신 늙었으면 좋겠다, 그 자신의 아름다움은 변색되지 않고 화폭 위의 얼굴이 정열과 죄악의 짐을 졌으면 좋겠다, 초상화는 고통과 생각의 주름으로 시들고 자신은 소년의 활짝 피어나는 섬세한 사랑스러움을 유지했으면 좋겠다는 말도 안 되는 소원을 말했었다. 그 소원이 성취된 것은 아니겠지? 그런 일은 불가능하다. 그런 생각을 했던 것만으로도 끔찍하다. 그러나 입가에 잔인한 흔적이 가해진 초상화가 그의 앞에 놓여 있었다.

잔인! 그가 잔인했었나? 그건 그의 잘못이 아니라, 그녀의 잘못이었다. 그는 그녀를 위대한 예술가로 상상하고 그녀가 위대하다고 생각했기 때문에 그녀에게 사랑을 주었다. 그러나 그녀는 그를 실망시켰다. 그녀는 천박하고 가치가 없었다. 하지만 어린아이처럼 그의 발밑에서 흐느껴 울던 그녀를 생각하자 끝없는 후회의 감정이 밀려왔다. 하지만 자신도 고통을 받았었다. 왜 시빌 베인 때문에 힘들어야 하는가? 그녀는 이제 그에게 아무 의미도 없는 존재다.

하지만 초상화는? 그 초상화는 그의 삶의 비밀을 담고 그 이야기를 하고 있었다. 그 초상화는 그에게 자신의 아름다움을 사랑하라고 가르쳤었는데, 이제 그의 영혼을 혐오하라고 가르치려는 것인가?

아니다. 그것은 단지 고통스러워하는 감각에서 초래된 환각일 뿐이다. 그가 보낸 끔찍한 밤 때문에 환영이 남은 탓이다. 초상화는 전혀 변하지 않았다. 그런 생각을 하다니 참으로 어리석은 일이었다.

그러나 그의 초상화는 훼손된 아름다운 얼굴과 잔인한 미소로 그를 바라보고 있었다. 그 밝은 머리카락이 이른 햇빛을 받아 빛나고 있었다. 푸른 눈은 그의 시선을 맞이하고 있었다. 갑자기 초상화에 대한 동정심이 엄습했다. 그 초상화는 이미 변했고 앞으로 더 변할 것이다. 그 금발은 회색으로 시들 것이고 붉고 하얀 장미는 죽게 될 것이다. 자신이 저지르는 모든 죄악이 그 초상화의 아름다움을 망쳐놓을 것이다. 하지만 그는 죄를 짓지 않을 것이다. 그 초상화가 변하든 변하지 않든, 그 초상화는 그에게 양심의 가시적인 상징이 될 것이다. 그는 유혹에 저항했다. 이제 그는 헨리 경도 만나지 않을 것이다. 그는 시빌 베인에게 돌아가 결혼하고 다시 그녀를 사랑하려고 노력할 것이다. 그렇다. 그렇게 하는 것이 그의 의무다. 그녀는 그보다 더 많은 고통을 받고 있을 게 틀림없었다. 가엾은 아이. 그는 그녀에게 이기적이고 잔인했다. 그들은 함께 행복할 것이고 그녀와 함께하는 삶은 아름답고 순수할 것이다. 그는 단지 시빌만을 생각했다. 사랑의 희미한 반향이 그에게로 되돌아왔다. 그는 그녀의 이름을 몇 번이고 되뇌었다.

8장

그가 잠을 깬 것은 정오가 훨씬 지나서였다. 이렇게 늦다니! 그는 일어나 앉아 차를 홀짝이며 하인이 가져다놓은 편지들을 들춰보았다. 하나는 헨리 경한테서 온 것인데 오늘 아침 배달된 것이었다. 그는 잠시 망설이다가 옆으로 밀어놓았다.

10분쯤 지난 후 그는 일어나 실크로 수를 놓은 고급 캐시미어 잠옷을 던지며 검은 대리석이 깔린 목욕탕으로 들어갔다. 차가운 물이 긴 잠을 잔 그에게 신선하게 느껴졌다. 그는 자신이 겪은 일을 모두 잊은 것 같았다. 어떤 이상한 비극에 연루되었다는 막연한 기분이 한두 번 들었지만, 꿈처럼 비현실인 것으로 느껴졌다.

그는 옷을 입자마자 서재로 나가 열려진 창문 가까이에 놓인 조그만 원탁 위에 차려진 가벼운 프랑스식 아침식사를 시작했다. 아름다운 날이었다. 따스한 공기가 향내로 가득한 듯했다. 벌 한 마리가 날아와 샛노란 장미가 가득 꽂힌 푸른 용무늬 화병 주변을 윙윙거리며 날아다녔다. 그는 너무도 행복한 기분이었다.

갑자기 그의 시선이 초상화를 향하자 그는 깜짝 놀랐다.

이 모든 게 사실이었나? 초상화가 정말 변했나? 사악한 표정은 그저 상상이었나? 분명 색칠된 화폭이 변할 수는 없겠지? 말도 안 되는 일이었다. 그러나 기억이 너무도 생생했다. 희미한 황혼 속에서, 그리고 밝은 새벽빛 속에서 그는 뒤틀린 입가에서 잔인한 기운을 보았었다. 그는 방문을 잠갔다. 그리고 초상화를 자세히 들여다보았다. 사실이었다. 초상화는 변해 있었다.

화폭에서 형태와 색상을 이루는 화학 물질과 그의 영혼 사이에 미묘한 연관성이 있다는 말인가? 영혼이 생각하는 바를 화학 물질이 구현할 수가 있다는 것일까? 아니면 더 끔찍한 다른 이유가 있단 말인가? 그는 몸을 떨었다. 그는 병적 공포 속에서 초상화를 바라보고 있었다.

하지만 그것이 한 가지 일은 해냈다. 그것은 그가 시빌 베인에게 얼마나 부당하고 잔인했던가를 의식하게 해주었다. 바질 홀워드가 그린 초상화가 그의 인생을 올바로 이끌어주었다. 그는 테이블로 가서 사랑했던 소녀에게 자신이 미쳤었다며 용서를 비는 열정적인 편지를 썼다. 그는 격정적인 슬픔의 언어와 고통의 언어로 한 장씩 써 나갔다. 편지를 다 쓰자 그는 용서 받은 기분이었다.

갑자기 문을 두드리는 소리가 나고 바깥에서 헨리 경의 목소리가 들렸다. "도리언, 나야. 자네 좀 만나야겠어.

당장 날 들어가게 해줘. 이렇게 방 안에만 틀어박혀 있지 말라구."

그는 처음엔 대답하지 않고 가만히 있었다. 문 두드리는 소리는 계속되면서 점점 더 커졌다. 그렇다. 헨리 경을 들어오게 하고, 그가 이끌려고 하는 새로운 인생을 설명하는 게 낫다. 그는 벌떡 일어나 문을 열었다.

"도리언, 일이 이렇게 되어서 유감이야. 하지만 그 문제를 너무 깊이 생각해서는 안 되네."

"시빌 베인 얘깁니까?"

"그래, 물론이지. 하지만 자네 잘못이 아니야. 말해보게. 극이 끝난 후에 무대 뒤로 가서 그녀를 만났나?"

"네."

"그랬을 것 같았어. 그녀와 다투었나?"

"해리, 내가 심하게, 정말 심하게 굴었어요. 하지만 이제 괜찮아요. 시빌 베인과 결혼할 거니까요."

"결혼!"

헨리 경이 일어나 놀란 표정으로 그를 바라보며 외쳤다.

"하지만, 이보게, 도리언…. 결혼이라니! 내 편지 못 받았나? 자네 아무것도 모르는군."

"무슨 말이에요?"

"도리언, 시빌 베인은 죽었어."

청년의 입술에서 고통의 절규가 터져 나왔다.

"죽다니요! 시빌이 죽다니요! 아니에요! 끔찍한 거짓말이에요! 어떻게 그런 말을?"

"도리언, 사실이야. 조간신문에 모두 실렸어. 자네는 연루되면 안 되네. 그런 일들은 파리에서는 사람을 유명하게 만들어주지만, 런던은 사람들 편견이 심해서 안 돼. 여기서는 추문을 일으키며 사교계에 데뷔해서는 안 돼. 그런 일은 흥밋거리가 필요한 노년기에나 필요한 거야. 극장 사람들이 자네 이름 모르지? 그러면 됐어. 자네가 그녀 방에 들어가는 걸 누가 봤나?"

"해리, 어떻게 된 거예요? 오, 해리, 못 견디겠어요! 당장 모든 걸 말해 주세요."

"도리언, 세간에서는 사고라고 말하지만, 아니야. 그녀는 청산가리를 마신 것 같아."

"해리, 해리, 너무 끔찍해요. 그녀가 죽다니. 하느님! 하느님! 해리, 어떻게 하면 좋아요? 나 때문에 그랬을 거예요. 그녀는 자살할 권리가 없어요. 너무 이기적이에요."

"자네는 시빌 베인이 자네에게 로맨스의 모든 여주인공을 상징한다고 말했지. 하루는 데스데모나였고 또 하루는 오필리아였으며, 또 줄리엣으로 죽으면 다시 이모겐으로 살아났다고 말이야. 이제 그녀는 마지막 역할을 연기한 거야. 자네는 그녀의 죽음을 웹스터나 포드나 시릴 터너의 극작품에서 나온 멋진 장면으로 생각해야 돼.[10] 그 소녀는 실제로 살아 있은 적이 없고, 따라서 정말로 죽은 것도 아닌 거야. 시빌 베인 때문에 눈물을 낭비하지는 말게. 그녀는 현실적인 존재가 아니었어."

침묵이 흘렀다. 방 안에 어둠이 깊어 가고 있었다. 그림자가 소리 없이 은색 발로 정원에 스며들고 있었다. 사물에서 색상이 희미해져 가고 있었다.

"해리, 당신은 내 자신보다 나를 더 잘 알고 계시군요."

헨리가 나가자 도리언은 초상화로 달려갔다. 초상화에는 변화가 없었다. 그가 알기도 전에 그 초상화는 시빌 베인의 죽음을 알고 있었다. 그 입가의 사악한 잔인함은 그 소녀가 독극물을 마시는 바로 그 순간 나타난 것이 틀림없었다. 그런 생각이 들자 몸이 떨렸다. 가엾은 시빌! 그녀는 그 끔찍한 마지막 장면을 어떻게 연기했을까? 죽어가면서 그를 저주했을까? 아니다. 그녀는 자신에 대한 사랑

10) 데스데모나, 오필리아, 줄리엣, 이모겐은 모두 셰익스피어의 극작품에 등장하는 여주인공들이며, 웹스터, 포드, 시릴 터너는 셰익스피어 이후 17세기 초에 복수극을 주로 썼던 극작가들이다.

때문에 죽었고, 사랑은 이제 그에게 늘 신성한 존재로 남을 것이다. 그녀는 자신의 목숨을 희생함으로써 모든 것에 속죄했다. 그녀는 사랑이라는 최고의 리얼리티를 보여주기 위해 세상이라는 무대에 보내진 놀라운 비극적 인물이었다. 놀라운 비극적 인물? 그녀의 어린애 같은 표정과 매력적이고 환상적인 태도, 수줍어하듯 떨던 우아한 모습을 생각하니 눈물이 앞을 가렸다. 그는 그런 생각을 서둘러 떨쳐 버리고 다시 한 번 초상화를 바라보았다.

그는 선택을 할 때가 되었다고 느꼈다. 아니, 이미 선택이 이루어졌던 건가? 그렇다. 삶—그리고 삶에 대한 그의 무한한 호기심—은 그를 위해 결정을 내렸었다. 영원한 젊음, 영원한 열정과 미묘하고 은밀한 쾌락, 격정적인 기쁨과 더 격정적인 죄악—그는 이 모든 것들을 누리게 될 것이다. 그의 초상화가 그의 수치의 짐을 지게 될 것이다. 그뿐이었다.

그는 나르키소스처럼 장난스럽게 그 그림 속 입술에 키스한 적이 있었다. 아침마다 그는 초상화 앞에 앉아 그 아름다움에 사로잡히곤 했었다. 이제 그 초상화는 그의 기분에 따라 변할 것인가? 그것은 폐쇄된 방에 갇혀 숨겨진 채 흉하고 혐오스러운 것으로 변하게 될 것인가? 그 경이로운 곱슬머리를 더 밝은 금발로 바꿔주는 햇빛으로부터 차단된 채? 정말 불쌍한 일이다! 정말 불쌍하다!

잠시 그는 자신과 초상화 사이에 존재하는 끔찍한 공감대가 끊어져 버렸으면, 하고 기도하려고 했다. 하지만 그 누가 계속 젊음을 유지할 기회를 포기해 버리겠는가? 초상화가 변할 거라면 변하라지. 그뿐이다. 이 초상화는 마법의 거울이 될 것이다. 그 거울이 그에게 육신을 보여주었듯이, 그의 영혼 또한 드러내 보일 것이다. 초상화에 겨울이 올 때, 그 자신은 봄이 여름의 언저리에서 떨고 있는 그 시점에 여전히 서 있게 될 것이다. 그는 소년시절의 영광을 유지할 것이며, 그의 활짝 핀 아름다움은 전혀 시들지 않을 것이다. 삶의 박동소리 하나 약해지지 않을 것이다. 그는 그리스의 신들처럼 강하고 재빠르고 쾌활할 것이다. 화폭 위의 색칠 된 이미지에 무슨 일이 일어나건 무슨 상관이란 말인가? 그는 괜찮을 것이다. 그러면 된 것이다.

한 시간 후에 그는 헨리 경을 만나기 위해 오페라 극장으로 갔다.

9장

다음 날 아침 식사를 할 때 바질 홀워드가 찾아왔다.

"도리언, 드디어 자네를 찾았군." 그가 심각하게 말했다. "어젯밤 왔었는데 오페라 극장에 갔다고 하더군. 물론 그럴 리가 없겠지. 하지만 정말 어디 갔었나? 난 클럽에 갔다가 우연히 《글로브》지에서 그 소식을 읽고는 당장 여기로 달려왔는데 자네가 없어서 무척 걱정했어. 그 소녀 어머니를 만나러 갔었나? 불쌍한 여인! 얼마나 슬플까! 외동딸이었는데! 뭐라고 하던가?"

"바질, 내가 어떻게 알아요? 오페라 극장에 갔었는데."

도리언 그레이는 매우 지루한 표정으로 와인을 홀짝이며 중얼거렸다.

"시빌 베인이 죽었는데 오페라 극장에 갔었다고?"

"이미 끝난 일이에요. 과거는 과거일 뿐이라고요. 난 감정에 좌우되고 싶지 않아요. 난 감정을 이용하고, 즐기고, 지배하고 싶다고요."

"도리언, 정말 끔찍하군! 자넨 완전히 변했어. 초상화 모델이 되러 화실에 들를 때 자넨 단순하고 자연스럽고 사랑스러웠어. 정말 때 묻지 않은 존재였지. 지금은 자네에게 무슨 일이 일어난 건지 혼란스럽네. 자넨 심장도 없는 사람처럼, 동정심도 없이 말하고 있어. 모두 해리의 영향일 거야. 분명해."

"바질, 무슨 말씀이에요. 당신은 내게서 뭘 원하는 거지요?"

"난 내가 그렸던 그 도리언 그레이를 원해."

예술가가 슬픈 어조로 말했다.

"바질, 난 변했어요. 당신이 나를 처음 봤을 때는 학생이었지만, 이제는 어른이에요. 나는 새로운 정열, 새로운 사념, 새로운 사상을 갖게 되었어요. 나는 달라졌다고요. 그래도 당신은 계속 내 친구로 남아야 해요. 물론 난 해리를 무척 좋아해요. 하지만 난 당신이 그보다 더 나은 사람인 걸 알고 있어요. 우리가 함께 얼마나 행복했던가요! 바질, 날 떠나지 말아요."

화가는 이상한 감동을 받았다. 청년은 그에게 더할 나위 없이 소중했다. 청년의 성품은 그의 예술에 있어 전환점이었다. 그는 청년을 더 이상 비난하고 싶지 않았다. 결국 청년의 냉정한 무관심은 일시적인 기분일 뿐이었다. 그에게는 훌륭한 점, 그리고 숭고한 점이 더 많았다.

"자, 도리언. 다시는 이 끔찍한 일을 언급하지 않겠어. 그런데 자네 초상화 어디 있나? 한번 보고 싶은데."

"안 돼요, 바질."

그가 외마디 비명을 질렀다. 홀워드는 혼비백산한 표정으로 도리언 그레이를 바라보았다. 전에는 그런 모습을 본 적이 없었다. 청년은 실제로 분노로 얼굴이 창백했다. 손은 꽉 쥐고 있었고 눈동자는 푸르게 타오르는 둥근 불길 같았다. 그는 온몸을 떨고 있었다.

"도리언! 왜 그래? 물론 자네가 원하지 않으면 보지 않겠어. 하지만 좀 당황스럽군. 이번 가을에 파리에서 전시하려고 하는데 말이야."

도리언 그레이는 이마에 손을 얹었다. 구슬 같은 땀이 흐르고 있었다.

"당신은 한 달 전에는 그림을 절대 전시하지 않을 거라고 했잖아요. 왜 마음이 바뀐 거지요? 헨리 경 말처럼 무슨 비밀이 있나요? 바질, 우리는 모두 비밀이 있어요. 당신의 비밀을 말해주면 내 비밀도 얘기해 줄게요. 내 초상화를 전시하는 걸 거부했던 이유가 뭐지요?"

"도리언, 앉지." 화가가 당황한 표정으로 말했다.

"좀 앉자고. 얘기할게. 자네는 그림에서 뭔가 야릇한 걸 본 적 없나? 뭔가 처음엔 자네에게 떠오르지 않았을지 모르지만 갑자기 드러난 그런 것 말이야."

"바질!" 청년이 떨리는 손으로 의자 팔걸이를 꽉 잡으며 당황한 놀란 눈으로 그를 응시하며 외쳤다.

"그랬었군. 말하지 말게. 내 말 먼저 들어. 도리언, 자네를 만난 순간부터 자네의 성품은 내게 너무도 놀라운 영향을 미쳤어. 나의 영혼은 자네에게 지배당했어. 자네는 미묘한 꿈처럼 우리 예술가들을 찾아드는 보이지 않는 이상, 그 화신이었어. 나는 자네를 숭배했지. 나는 자네를 독차지하고 싶었고 자네가 말을 거는 모든 사람을 질투했어. 자네와 함께 있으면 행복했지. 떨어져 있어도 자넨 여전히 내 예술 속에 존재했어…. 물론 난 자네에게 이런 일에 대해 알게 하고 싶지 않았지. 그럴 수 없었어. 자넨 이해를 못했을 테니까…. 몇 주가 지나고 나는 점점 더 자네에게 빠져 들었어…. 하지만 내가 그림에 몰두할수록 색채의 막이 벗겨져 내 비밀을 드러내는 것 같았어. 나는 사람들이 내 맹목적 숭배를 알게 될까 봐 두려웠지. 도리언, 나 자신을 너무 많이 표현한 것 같았어. 그림에 자신을 너무 많이 반영한 것 같았단 말이야. 내가 그림을 전시하지 않겠다고 결심했던 건 바로 그때였지."

도리언 그레이는 긴 한숨을 내쉬었다. 그의 뺨에 생기가 돌기 시작하고 입가에 미소가 어렸다. 위험은 끝났다. 당분간 그는 안전했다. 그는 고백을 막 마친 화가에게 동정심을 느꼈다.

"도리언, 자네가 초상화에서 그걸 봤다니 정말 엄청나군. 정말 봤나?"

"뭔가 보기는 했어요. 아주 야릇해 보이는 그런 것을요."

"자, 그럼 이제 초상화를 좀 봐도 되겠나?"

도리언은 고개를 저었다.

"그럼, 잘 있게. 자네는 내 예술에 진정으로 영향을 준 유일한 사람이었어. 내가 해낸 좋은 일이 있다면 그건 자네 덕분이야. 아! 자네는 내가 조금 전에 한 그 말을 하는 게 얼마나 힘든 일이었는지 정말 모를 거야."

"내 사랑하는 바질, 당신이 무슨 말을 했는데요? 당신과 나는 친구예요, 바질. 우리는 영원히 친구로 남을 거예요."

바질이 방을 나서자, 도리언 그레이는 혼자 미소를 지었다. 가엾은 바질! 그 진짜 이유를 그는 꿈에도 모르겠지! 그리고 자신의 비밀을 드러내기는커녕 오히려 친구에게서 비밀 고백을 듣게 되다니 너무도 이상했다. 이제 그는 화가의 터무니없는 질투와 격정적인 헌신, 터무니없는 찬사, 이상한 침묵, 이런 것들을 이해할 수 있었다. 그리고 미안한 마음이 들었다. 그렇게 로맨스로 채색된 우정에는 뭔가 비극적인 것이 있었다.

10장

혼자 남게 된 도리언은 몸을 떨었다. 잠시 바질에게 그림을 숨기고 싶어 하는 진짜 이유를 말하지 않았던 것을 후회했다. 바질은 그가 헨리 경의 유혹, 그리고 그 자신의 기질에서 나오는 해로운 영향을 이겨낼 수 있도록 도와주었을 것이다. 바질이 그에 대해 갖고 있는 사랑은—그건 정말 사랑이었으니까—숭고하고 지적인 것이었다. 감각에서 나온 아름다움, 감각이 지치면 시들어버리는 아름다움에 대한 신체적 찬미가 아니었다. 미켈란젤로, 몽테뉴, 빙켈만, 그리고 셰익스피어가 알았던 사랑이었다. 그렇다. 바질은 그를 구원해 주었을 것이다. 하지만 이제 너무 늦었다.

그는 소파를 덮고 있던 큼직한 자줏빛과 황금빛의 천을 들어 올려 손에 쥐고는 칸막이 뒤로 갔다. 화폭 위의 얼굴은 전보다 더 사악할 것인가? 그에게는 변화가 없어 보였다. 그러나 그 그림에 대한 혐오감은 강렬해지고 있었다. 금발, 푸른 눈, 장미처럼 붉은 입술—모두 그대로 있었다. 단지 표정만 변해 있었다. 그 잔인성은 끔찍했다. 고통의 표정이 그를 스쳐 갔고, 그는 화려한 장막을 초상화

위로 집어던졌다.

도리언은 하인들을 불러 무거운 그림을 위층으로 옮기게 했다. 도리언은 그의 삶의 이상한 비밀을 간직해 주고, 그의 영혼을 세상 사람들의 시선에서 감춰줄 방의 문을 열쇠로 열었다. 어릴 때 장난감 방으로 사용하고, 나이가 들면서 공부방으로 사용한 이후 4년이 넘도록 들어온 적이 없는 방이었다. 하지만 이 집에서 이 방만큼 사람들 눈으로부터 안전한 곳은 없었다. 그가 열쇠를 갖고 있으니 아무도 들어올 수 없었다. 자주색 장막 아래 화폭 위의 얼굴은 생기를 잃고 야수처럼 되어 갈 것이다. 그런들 무슨 상관인가? 아무도 못 볼 텐데. 자기 자신도 보지 않을 셈이었다. 왜 자기 영혼의 타락을 꼭 지켜봐야 한단 말인가? 매시간, 매주 초상화는 늙어 갈 것이다. 뺨은 움푹 파이고 흐늘흐늘해질 것이다. 누런 주름살이 희미해지는 눈가에 스며들 것이다. 머리카락은 광채를 잃고 입은 떡 벌어지거나 축 늘어질 것이고, 바보 같거나 천박해질 것이다. 소년 시절 엄했던 자신의 조부에게서 보았던 주름투성이 목에 핏줄이 솟은 차가운 손, 비틀어진 몸이 떠올랐다. 그림은 감춰져야만 했다. 어쩔 수가 없었다. 도리언은 문을 채우고 열쇠를 주머니에 넣었다. 그는 이제 안전하다고 생각했다. 누구도 그 끔찍한 것을 보지 못할 것이다. 그 누구도 그의 수치를 볼 수 없을 것이다.

서재에 이르러 5시가 막 지난 것을 보고 그는 차를 가져오라고 지시했다. 자개 탁자 위에 헨리 경이 보낸 노란 종이로 제본된, 표지가 약간 찢어지고 가장자리에 손때가 묻은 책 한 권이 놓여 있었다. 무슨 책인가 궁금했다. 그는 안락의자에 털썩 앉아 책장을 넘기기 시작했다. 몇 분 후 그는 책에 빠져들었다. 그가 본 책 중에서 가장 이상한 책이었다. 세상의 모든 죄가 그 앞에 야릇한 복장을 하고 아름다운 플루트 소리에 맞춰 무언극처럼 스쳐 가는 것 같았다. 그가 희미하게 꿈꾸었던 것들이 갑자기 현실로 다가오고, 그가 결코 꿈꾼 적이 없는 것들이 점차적으로 드러나고 있었다.

한 젊은 파리지엔의 심리 연구서라 할 만한, 플롯도 없고 등장인물도 하나뿐인 소설이었다.[11] 프랑스의 상징주의로 불리는 훌륭한 예술가들 몇몇의 작품의 특징을 이루는, 생생한 동시에 불명료한, 이상한 보석같이 반짝이는 문체였다. 감각적인 삶을 신비주의 철학의 언어로 묘사하

11) 프랑스의 심미적 퇴폐주의 작가 조리스 카를 위스망스의 소설《거꾸로(À Rebours)》는 와일드에게 많은 영향을 끼친 것으로 알려져 있다.

고 있어서, 때로 중세의 성인의 정신적 환희를 읽고 있는지 현대의 죄인의 병적인 고백을 읽고 있는지 헷갈릴 정도였다. 짙은 향료의 냄새가 책장마다 맴돌아서 정신을 어지럽히는 것 같았다. 그는 희미한 불빛 아래서 더 이상 읽을 수 없을 때까지 계속 책을 읽었다.

11장

도리언은 몇 년 간 책의 영향을 벗어나지 못했다. 그는 파리에서 창간호를 구해 큼직한 용지에 아홉 부나 복사해서 각기 다른 색으로 제본하게 한 후 기분에 따라 골라 읽곤 했다. 주인공인 젊은 파리지엔은 낭만적 기질과 과학적 기질이 이상하게 섞여 있었는데 도리언 그레이에게 예시적 유형이 되어버렸다. 책 전체가 그에게는 자신이 살아보기도 전에 집필된 자신의 인생 이야기 같았다. 그는 이 소설의 주인공보다는 운이 좋았다. 그는 이 젊은 파리지엔에게 일찍이 닥쳐온, 한때 놀라웠던 아름다움의 갑작스러운 퇴락, 이로 인해 야기된 두려움을 겪지 않을 것이고 겪을 이유가 없었으니까. 그는 거의 잔인하다 할 만한 기쁨을 갖고 귀중한 것을 잃어버린 사람의 다소 과장되기는 했지만 비극적인 설명이 담긴 이 책을 읽곤 했다.

그의 아름다움은 여전했다. 그에 대한 이상한 소문이 떠돌기도 했지만, 세상에 물들지 않은 그의 표정은 사람들에게 순수함의 기억을 떠오르게 하고, 오히려 그런 사악한 소문을 믿었던 것을 수치스럽게 만들었다. 이상한 추측을 불러일으킬 정도로 오랜 부재 끝에 집으로 돌아오면, 그는 자물쇠가 채워진 방으로 몰래 올라가 거울을 들고 바질 홀워드가 그려준 초상화 앞에 서 있곤 했다. 화폭 위의 사악하고 나이 들어가는 얼굴을 바라보면서, 또 웃고 있는 거울에 비친 아름다운 자신의 젊은 얼굴을 바라보면서. 그 현격한 대조는 그의 쾌락의 감각을 자극하곤 했다. 그는 점점 더 자신의 아름다움에 반했고 자신의 영혼의 타락에 더욱더 관심을 갖게 되었다. 그는 때로 죄의 징후와 나이의 징후 가운데 어느 것이 더 끔찍한지 궁금해 하면서, 끔찍한 기쁨을 맛보며 주름진 이마에 새겨진 흉한 주름이나 두툼한 관능적인 입 주변의 주름을 꼼꼼히 들여다보곤 했다. 그는 그림 속의 거칠고 부어오른 손 옆에 자신의 하얀 손을 대보면서 미소 지었다. 그는 그 보기 흉한 육체와 시들어 가는 팔다리를 비웃었다.

가짜 이름으로, 또는 변장을 하고 드나들던 부둣가 근처 평판 나쁜 술집의 더러운 방에서, 한밤중에 잠 못 들고 누워서 자신이 남의 영혼에 초래한 파멸에 대해 생각하는 순간도 있었다. 그러나 그런 순간은 드물었다. 헨리 경이 바질 홀워드의 정원에서 처음 일깨웠던 삶에 대한 호기심이 점점 커져가는 것 같았다. 알면 알수록 그는 더 알기를 열망했다. 그는 먹어 치우면 더 탐욕스러워지는 배고픔에 사로잡혀 있었다.

그러나 그는 사교계에 무관심하지 않았다. 한 달에 한두 번 겨울에 자신의 아름다운 집을 공개하고 유명한 음악가들을 초대하여 손님들을 매혹시켰다. 헨리 경이 늘 도와주는 식사 초대도 이국적 꽃들의 교향악적 배열과, 수놓은 식탁보와 골동품 같은 금은 식기가 놓인 식탁의 장식에 나타난 미묘한 취향만큼이나 세심한 선별과 자리 배치로 인해 주목받았다. 특히 젊은 계층에는 그들이 이튼이나 옥스퍼드 시절 종종 꿈꾸었던 유형, 진정한 학자의 교양과, 세상의 시민으로서의 모든 우아함, 탁월함, 완벽한 매너가 합쳐진 유형이, 실제로 도리언에게 구현되어 있다고 상상하는 젊은이들이 많았다.

도리언에게 삶 자체는 첫 번째 예술이자 가장 훌륭한 예술이었고, 다른 모든 예술은 삶을 위한 준비 과정에 불과했다. 정말 멋진 것을 보편적인 것으로 만드는 패션, 그리고 나름대로 아름다움의 절대적 현대성을 내세우는 댄디즘이 물론 그의 마음을 끌었다. 그의 옷 입는 양식과 때로 그가 즐겨 입는 어떤 특정 스타일은 메이페어 거리의 무도회나 팰맬 거리의 클럽에 모인 젊은 멋쟁이들에게 상당한 영향을 끼쳤다. 그들은 그가 하는 걸 모두 흉내 냈고 그가 장난스럽게 시작한 우아한 옷맵시의 자연스러운 매력을 따라 하려고 애썼다.

그가 성년이 되자 그에게 즉시 주어진 지위를 너무도 기쁘게 받아들였고, 당대의 런던 사교계의 리더가 되고 있다는 생각에 은밀한 기쁨도 느꼈지만, 마음속 깊은 곳에서는 보석을 장식하는 법이나 넥타이 매는 법이나 지팡이 드는 법을 상담해 주는 단순한 취향의 감식가 이상의 존재가 되기를 열망했다.

사람들은 감각에 대해 본능적인 공포를 느끼고 감각의 숭배를 종종 비난하곤 한다. 세상은 감각을 굶겨 죽게 하거나 고통으로 없애 버린다.

그렇다. 헨리 경이 예언한 대로, 무슨 이유인지 한때 부활했던 가혹하고 매력 없는 청교도주의에서 삶을 재창조하고 구해낼 새로운 쾌락주의가 필요했다. 새로운 쾌락주의는 감각을 둔화시키는 천박한 방탕이나 감각을 죽여 버리는 금욕주의를 무시하고, 스쳐 가는 삶의 순간에 집중하라고 우리를 가르칠 것이다.

그는 감각이 정신적 신비를 훨씬 더 드러낼 것이라고 믿었다. 그래서 그는 이제 향수, 짙은 향의 기름을 증류하고 동양에서 온 냄새 나는 고무를 태우는 그 제조법의 비밀을 연구하려고 했다. 그는 종종 향수의 진정한 심리학을 설명하고자 하고, 달콤한 냄새가 나는 뿌리나 향내 나는 꽃술, 아로마 향의 영향과, 구역질 나게 하는 감송나무의 어둡고 냄새 나는 숲, 사람을 미치게 만드는 호베니아의 숲, 영혼에서 우울증을 쫓아버린다는 알로에의 영향을 평가하고자 노력하면서 감각과 정신 사이의 진정한 관계를 찾기 시작했다.

또 어떨 때는 음악에 전적으로 열중했고, 또 한번은 보석을 본격적으로 연구하기도 했다. 한때 삶은 얼마나 미묘하고 아름다운 것이었던가! 삶은 그 겉치레와 장식에 있어 얼마나 화려했던가! 죽은 사람들의 사치에 대해 읽는 것만으로도 너무 멋있었다. 그러다가 그는 유럽 북쪽 국가들의 싸늘한 방에서 프레스코 벽화의 역할을 해내는 수공예품과 벽걸이 장식으로 돌아서기도 했다. 그 주제에 대해 연구할수록—그는 늘 시작한 일이 무엇이든 한동안 절대적으로 열중하는 이상한 능력이 있었다—그는 시간이 아름답고 훌륭한 것들에 가져온 파괴를 생각하고는 슬픔에 잠기기도 했다. 도리언 그레이는 수예품과 사제복에 몰두하면서 감각의 쾌락을 추구하고 상상의 세계에 몰두하곤 했다.

아름다운 저택에 수집한 이러한 보물과 온갖 것들은 도리언에게 이겨 낼 수 없는 것처럼 보이는 공포로부터 한동안 벗어날 수 있는 방법이 되어 주었다. 그는 어린 시절을 보냈던 자물쇠가 달린 외로운 방의 벽에 그 끔찍한 초상화, 시시각각으로 변화하는 특징이 그의 실제 삶의 타락상을 보여 주는 초상화를 손수 걸어 놓고, 그 앞에 자주색과 황금색의 장막을 커튼처럼 덮어 놓았다. 몇 주 간 그는 그 방에 가지 않고 그 흉측한 그림을 잊어버리고 밝은 마음과 놀라운 쾌활한 성격을 되찾고 열정적으로 단순한 존재의 기쁨에 몰두하려고 했다.

하지만 그는 두려웠다. 때로 자신과 같은 지위의 상류층 젊은이들을 주로 초대하여, 방탕한 사치와 멋지고 화려한 삶의 방식으로 동네를 경악하게 하던 노팅엄셔의 대저택에 내려가 있을 때에도, 그는 갑자기 손님을 버려두고 런던으로 급히 돌아와 그 방의 문이 훼손되지는 않았는지, 그림이 그대로 있는지 확인하곤 했다. 도둑이라도 맞으면 어떻게 한단 말인가? 그 생각만 해도 공포로 몸이 얼어붙는 듯했다. 그렇게 되면 분명 세상 사람들이 자신의 비밀을 알게 될 것이다. 아마 세상 사람들은 벌써 그런 의심을 하고 있는지도 몰랐다.

사실 많은 사람들이 그에게 매혹되어 있긴 했으나 그를 불신하는 사람들도 꽤 많았다. 그는 태생이나 사회적 위치로 볼 때 충분한 자격이 되는 웨스트엔드의 한 클럽에서 제명될 뻔한 적도 있었고, 그가 처칠의 흡연실에 친구 초대를 받아 갔을 때 버윅 공작과 한 신사가 홱 하고 일어나 나가 버린 적도 있었다. 그가 스물다섯이 된 후 이상한 소문들이 따라다니기 시작했다. 그가 화이트채플의 구석에 위치한 한 싸구려 숙소에서 외국 선원들과 고함치며 싸우는 걸 본 적이 있다는 소문, 도둑이나 위조지폐를 만드는 자들과 어울려 다니며 그 일에 손대고 있다는 소문이 나돌았다. 그가 집을 비우는 것도 소문이 나기 시작했다. 그가 다시 사교계에 나타나면 남자들은 구석에서 서로 귓속말을 했고 비웃으면서 지나치거나 그의 비밀을 알아낼 결심이라도 한 것처럼 탐색하는 듯한 차디찬 시선으로 쳐다보기도 했다.

물론 그는 그러한 무례한 행동이나 무시하는 태도를 거들떠보지도 않았다. 그의 솔직하고 상냥한 태도와 소년 같은 매력적인 미소와 영원히 그에게 남아 있는 듯한 놀라운 젊음의 무한한 우아함이 중상과 비방을 해결해 주기에 충분했다. 그러나 그와 가장 친했던 사람들 가운데 얼마 후 그를 피하는 것도 눈에 띄기 시작했다. 그를 열렬히 사모하고 그를 위해서 모든 사회적 비난을 감수하고 관습을 무시하던 여성들도 도리언 그레이가 방 안에 들어서면 수치나 공포로 창백해지곤 했다.

그는 그의 삶에 영향을 주었던 놀라운 소설에 여전히 취해 있었다. 도리언은 이 책의 환상적인 7장을 읽고 또

읽곤 했었다. 그 뒤에 나오는 8장과 9장 역시 반복해서 읽었는데 여기에는 이상한 벽걸이나 교묘하게 만들어진 법랑 미술품처럼, 사악함과 권태로움으로 인해 미치거나 추해진 인물들의 끔찍하고 아름다운 형상들이 묘사되어 있었다. 아내를 살해하고 그녀의 입술에 진홍색 독으로 발라놓아 그녀의 정부로 하여금 죽음을 빨아들이게 만들었던 밀라노 공작 필리포, 사냥개들로 하여금 살아 있는 사람들을 뒤쫓게 했었고 살해된 후에 한 창녀에 의해 시신이 장미꽃으로 장식되었었던 잔 마리아 비스콘티….

이런 인물들 모두에게는 끔찍한 매력이 있었다. 그는 밤에 그들을 보았으며, 낮에 그들은 그의 상상 속에 나타났다. 르네상스 시대에는 낯선 교묘한 독살의 방법들이 알려져 있기도 했다. 헬멧으로 독살하기, 불붙인 횃불로 독살하기, 수가 놓인 장갑이나 보석 박힌 부채로 독살하기, 금박 입힌 향으로 독살하기, 호박(琥珀)으로 만든 목걸이로 독살하기. 도리언 그레이는 책에 독살되었었다.[12] 그는 종종 아름다운 것에 대한 개념을 파악하는 것과 똑같은 방식으로 악을 바라보곤 했다.

12) 와일드에게 깊은 영향을 준 심미주의의 대가 월터 페이터의 작품 《르네상스(The Renaissance)》를 말하는 것으로 보인다.

12장

도리언의 서른여덟 번째 생일 전야였다.

그는 헨리 경의 집에서 식사를 하고 거의 11시가 되어 집으로 오고 있었다. 안개가 자욱한 추운 밤이었다. 그로즈브너 광장과 사우스 오들리 거리의 모퉁이에서 한 남자가 안개 속에서 회색 얼스터 외투 깃을 세운 채 빠른 발걸음으로 그를 지나쳤다. 도리언은 그를 알아보았다. 바질 홀워드였다. 이유 없이 이상한 공포감이 그를 엄습했다. 그는 못 본 척하며 자기 집을 향해 재빨리 지나갔다.

그러나 바질 홀워드가 그를 보았다.

"도리언! 다행이군! 자네 서재에서 9시부터 자넬 기다리고 있었거든. 나는 자정 기차로 파리로 떠나네. 떠나기 전에 자네를 꼭 만나보고 싶었어."

"바질, 당신을 오래 못 봤는데 이렇게 떠난다니 유감이에요. 하지만 곧 돌아오겠지요?"

"아니, 한 6개월 간 영국을 떠나 있으려고 해. 파리에 화실을 구해서 머릿속에 떠오를 위대한 그림을 완성할 때까지 두문불출할 생각이야. 하지만 내가 얘기하려던 건 나에 관한 게 아니야. 자네 집에 다 왔군. 잠시 들어갈게.

할 말이 있어."

"얼마든지요. 하지만 기차 놓치지 않겠어요?" 도리언 그레이가 계단을 올라 열쇠로 문을 열면서 나른한 목소리로 말했다.

안개 속으로 가로등 불이 비치자 홀워드는 시계를 보았다. "시간 많아." 그가 대답했다. "기차는 12시 15분은 되어야 출발하는데, 아직 11시밖에 안 됐어. 무거운 짐은 다 부쳤고 이 가방만 가지고 가면 되는데 빅토리아 역까지 20분이면 충분해."

"심각한 얘기가 아니면 좋겠어요."

홀워드는 고개를 저으며 들어와 서재로 도리언을 따라 들어왔다. 큼직한 벽난로에 밝은 장작불이 타오르고 있었다.

"자, 도리언, 자네에게 진지하게 할 얘기가 있어. 그렇게 인상 쓰지 말게."

"무슨 얘긴데요? 내 얘긴 안 하는 게 좋겠어요."

도리언이 소파에 털썩 주저앉으며 화난 듯이 외쳤다.

"내가 하려는 얘기는 전적으로 자네를 위한 거야. 지금 런던에 자네에 관한 끔찍한 소문들이 돌고 있어."

"그런 소문 알고 싶지 않아요."

"도리언, 자네 관심 가져야 해. 신사라면 자신의 좋은 평판에 관심 갖는 법이니까. 자네는 사람들이 자네를 사악하고 타락한 존재로 얘기하는 게 싫겠지. 물론 자네는 높은 지위와 재산과 그런 것들을 갖고 있어. 하지만 지위와 재산이 전부가 아니야. 명심하게. 난 이런 소문들을 전혀 믿지 않아. 최소한 자네를 보고 있을 때는 그 소문들을 믿을 수 없어. 죄란 것은 사람의 얼굴에 나타나는 법이거든. 사람들은 은밀하게 감춰진 악행에 대해 얘기들을 하는데, 세상에 은밀하게 감춰진 악행이란 없어. 한 불쌍한 인간이 악행을 저질렀다면, 그의 입가 주름에 또는 쳐진 눈꺼풀에 또는 손의 모양에라도 나타나게 되어 있어. 도리언, 자네의 순수하고 밝고 순진한 얼굴과 변함없는 놀라운 젊음은 정말이지 자네의 좋은 점을 드러내 주지. 하지만 난 자네를 좀체 만나질 못해. 자네는 이제 화실에는 오지도 않고. 자네와 멀어져 있는데다 사람들이 자네에 대해 온갖 끔찍한 얘기들을 해 대는 걸 들을 때, 나는 무슨 말을 해야 할지 모르겠어. 도리언, 왜 버윅 공작 같은 사람이 자네가 클럽에 들어서면 나가 버리는 거지? 왜 신사 계급 사람들은 자네 집에 오지도 않고 자네를 초대하지도 않는 거야? 자넨 스타블리 경의 친구였잖아. 지난주 그 사람을 만났는데 냉소를 지으면서 자네는 예술적인 취향을 가졌을지 모르지만 순결한 여성이 한 방에 함께 앉아 있을 만한 사람은 못 된다고 말하더군. 끔찍한 얘기였어! 근위대에서 자살한 그 불쌍한 소년도 있지. 명성에 오점을 남긴 채 영국을 떠나야만 했던 헨리 애시턴 경은 또 어떻고? 에이드리언 싱글턴의 끔찍한 종말 얘기는 또 뭔가? 켄트 경네 외아들의 정치 생명은 또 뭐고? 어제 세인트 제임스 거리에서 그 아버지를 만났어. 수치와 슬픔으로 너무 상심하고 있더군. 젊은 퍼스 공작은 또 어떻고? 지금 그가 어떤 삶을 살고 있는가? 어떤 신사가 그와 어울리려고 하겠어?"

"바질, 그만!"

도리언 그레이가 입술을 물어뜯으며 목소리에 무한한 경멸의 어조를 담아 말했다.

"당신은 왜 내가 들어가니까 버윅이 방을 나가더냐고 물었지요? 그건 그 사람이 나에 관해 뭘 알아서가 아니라, 내가 자기 인생에 대해 다 알고 있기 때문이에요. 헨리 애시턴과 젊은 퍼스에 대해서도 물었지요? 내가 사악하라고 가르치길 했어요, 주색에 빠지라고 가르치길 했어요? 켄트의 어리석은 아들이 길거리 여자를 아내로 맞은 게 나와 무슨 상관이 있나요? 에이드리언 싱글턴이 친구 수표로 사기를 친들 내가 그를 지키는 사람이라도 되나요? 나는 영국에서 사람들이 남 얘기를 많이 한다는 걸 잘 알아요. 이 나라에서는 누가 탁월하거나 머리가 좋으면 사람들은 혀를 놀려 비방해 대기 시작하지요. 도덕군자인 양하는 사람들 자신은 어떤 삶을 살고 있는가요? 바질, 우리는 위선자들의 나라에 살고 있어요."

"도리언, 그 문제가 아니야. 친구를 보면 그 사람의 됨됨이를 알 수 있어. 자네 친구들은 모두 명예, 선함, 순수함을 잃었어. 자네는 그들에게 쾌락에 대한 광기를 심어주었고 그들은 나락으로 떨어져버렸어. 자네가 그들을 그렇게 이끈 거야. 그리고 해리의 누이는? 자네는 해리와 떨어질 수 없는 사이이면서 그 누이의 이름을 웃음거리가 되게 해서는 더더욱 안 되지."

"바질, 조심해요. 너무 지나쳐요."

"할 말은 해야겠어. 자네는 들어야 해. 자네가 끔찍한 동네에서 새벽에 살짝 빠져나오는 걸 본 사람도 있고, 자네가 변장을 하고 런던에서 가장 불결한 소굴로 슬쩍 들어가는 걸 본 사람도 있어. 나는 자네가 세상 사람들의 존경을 받게 되는 그런 삶을 살기를 원해. 나는 자네가 깨끗한 평판과 오점이 없는 경력을 갖기를 원해. 나는 자네가 교제하고 있는 그 끔찍한 사람들을 멀리했으면 좋겠어. 자네에 관한 끔찍한 소문을 들을 때마다, 자네를 잘 아는데 그런 일을 저지를 수 있는 사람이 아니라고 난 말했어. 하지만 내가 자네를 제대로 알고 있나? 정말이지 궁금하군.

자네 영혼을 한번 들여다봐야겠어."

"내 영혼을 본다고!"

도리언이 공포로 창백해진 채 소파에서 벌떡 일어났다.

"그래. 자네 영혼을 봐야겠어. 하지만 오로지 신만이 할 수 있는 일이지."

홀워드가 심각하게, 목소리에 깊은 어조의 슬픔을 담은 채 대답했다.

젊은 쪽 사람의 입술에서 조롱의 비통한 웃음이 터져 나왔다.

"당신에게 오늘 밤 내 영혼을 보여 드리지요!"

그가 테이블에서 램프를 집어 들며 외쳤다.

"따라와요. 그건 당신 자신의 작품이니까. 그래요. 당신에게 내 영혼을 보여 주겠어요."

13장

그는 방을 나와 계단을 올라갔다. 바질 홀워드는 그 뒤를 바짝 따라갔다. 램프 불빛 때문에 벽과 층계에 환상적인 그림자가 나타났다. 바람이 불어와 창문이 흔들렸다. 그들이 층계 꼭대기에 이르렀을 때 도리언은 램프를 바닥에 내려놓고 열쇠를 꺼내 문을 열었다. 찬 공기가 그들을 스쳐 갔고 램프에서 잠시 흐릿한 오렌지색 불꽃이 일어났다. 그 방은 몇 년간 사용되지 않은 것처럼 보였다. 방 전체는 먼지로 덮여 있고 카펫 여기저기에 구멍이 나 있었다.

"그래, 바질, 당신은 영혼을 볼 수 있는 건 오로지 신뿐이라고 생각한다는 말이지요? 커튼을 젖히면, 당신은 내 영혼을 보게 될 거예요."

그는 커튼을 확 뜯어내어 바닥에 내던졌다.

희미한 불빛 속에서 징그러운 미소를 짓고 있는 화폭 위의 흉측한 얼굴을 본 순간 화가의 입술에서 공포의 외마디가 터져 나왔다. 그 표정은 그를 역겨움과 혐오감에 휩싸이게 했다. 세상에! 그가 바라보고 있는 것은 아무리 흉해도 분명 도리언 그레이의 얼굴이었다! 하지만 누가 그

걸 그렸을까? 그림은 자신이 직접 디자인한 액자에 끼워져 있었다. 정말 있을 수 없는 일이었지만, 그는 두려워졌다. 그는 촛불을 집어 들고 그림에 갖다 대었다. 왼쪽 모서리에 선명한 붉은색으로 길게 늘여 쓴 자신의 서명이 있었다!

그는 이런 수치스럽고 야비한 풍자화를 그린 적이 없었다. 그러나 그것은 분명 자기 작품이었다. 순간 피가 얼어붙는 기분이었다. 자신의 작품이라니! 도대체 어떻게 된 일이란 말인가? 왜 그림이 변한 것이지? 그의 입술이 말라붙은 것 같았다.

"도대체 어떻게 된 건가?"

마침내 홀워드가 외쳤다. 그의 귀에도 자신의 목소리가 날카롭고 야릇하게 들렸다.

"몇 년 전 내가 미성년이었을 때 당신은 나를 만나 훌륭한 용모에 대해 허영심을 갖도록 가르쳤어요."

도리언 그레이가 손으로 꽃을 으스러뜨리며 말했다.

"어느 날 당신은 나를 당신 친구에게 소개했고, 그는 내게 젊음의 경이로움에 대해 설명해 주었고, 당신은 내게 아름다움의 경이로움을 드러내는 내 초상화를 완성했지요. 난 정신이 나간 한순간 소원을 빌었어요."

"기억나는군! 아, 아니야! 그럴 리가 없어. 방이 습하군. 화폭에 곰팡이가 피었을 거야. 내가 사용한 물감이 무슨 독성이 있는 금속을 포함하고 있었거나. 정말이지 이런 일이 있어날 수는 없어. 불가능해. 이건 사티로스[13]의 얼굴이야."

"그건 내 영혼의 얼굴이에요."

"세상에! 내가 무엇을 숭배했던 거지! 이건 악마의 눈을 하고 있어. 하느님 맙소사! 이건 자네가 인생을 어떻게 이끌어 왔는지 보여 주는 증거로군. 자네는 사람들이 상상하는 것보다 더 심하게 타락한 게 틀림없어!"

그는 그림에 불을 들이대고 다시 자세히 살펴보았다. 표면은 별로 훼손되지 않았고 그가 마지막으로 본 그때 그대로였다. 야비함과 끔찍함이 생긴 것은 분명 내부로부터였다. 내적인 삶의 어떤 이상한 태동을 통해 죄의 타락이 천천히 그 그림을 좀먹고 있었다. 물이 흐르는 묘지에 놓인 시체의 부패도 그렇게 끔찍하지는 않았을 것이다.

"세상에, 도리언, 이게 무슨 교훈이란 말인가! 얼마나 무서운 교훈인가! 우리 함께 기도하지. 나는 자네를 너무 지나치게 숭배했어. 나는 그 때문에 벌을 받는 거야. 자네

13) 사티로스(Satyr) : 호색가인 반인반수의 괴물.

는 자신을 너무 숭배했고. 우리 둘 다 벌을 받는 거야."

"바질, 너무 늦었어요. 내겐 이제 그런 말들이 무의미해요."

"조용히! 그런 말 말게. 자네는 살아오면서 악을 충분히 저질렀어. 세상에! 자네, 저 저주 받은 것이 우리를 흘겨보고 있는 게 보이나?"

도리언 그레이는 그 그림을 흘낏 쳐다보았다. 갑자기 바질 홀워드에 대한 걷잡을 수 없는 증오심이 치밀어 올랐다. 마치 벽에 걸린 그림에게서 암시를 받은 것처럼, 그 냉소 어린 입술이 그의 귀에 속삭인 것처럼. 쫓기던 동물의 미친 듯한 격정이 그의 내부에서 일깨워졌다. 그는 테이블에 앉아 있는 사람을 증오했다. 평생 증오했던 그 어느 것보다 더 심하게. 그는 거칠게 주변을 둘러보았다. 앞에 놓인 색칠된 궤짝 꼭대기에서 뭔가가 반짝이고 있었다. 그의 시선이 거기에 꽂혔다. 칼이었다. 그는 천천히 홀워드의 뒤로 가서 칼을 집어 들었다. 홀워드는 일어날 것처럼 의자에서 움직였다. 그는 홀워드에게 달려들어 귀 뒤쪽 혈관에 칼을 꽂아 넣고 그의 머리를 테이블 쪽으로 내리누르면서 찌르고 또 찔렀다.

숨죽인 듯한 신음 소리와 피에 질식한 듯한 끔찍한 소리가 났다. 그는 두 번 더 찔렀다. 그 남자는 꿈쩍도 하지 않았다. 뭔가가 바닥으로 흘러내리기 시작했다. 카펫 위로 똑똑 떨어지는 소리 이외에 아무 소리도 들리지 않았다. 그는 문을 열고 층계참으로 나갔다. 집은 너무도 조용했다. 주위에 아무도 없었다. 그는 계단을 살금살금 내려갔다. 나무 계단이 삐걱거리는 것이 고통스러워 소리치는 것처럼 들렸다. 그는 몇 번이고 멈춰 서서 기다렸다. 아니었다. 모든 것이 조용했다. 단지 자신의 발소리뿐이었다.

서재에 이르렀을 때, 그는 구석에 놓인 가방과 외투를 보았다. 어딘가에 감추어야 했다. 그는 벽널 속에 감춰진 비밀 장롱을 열어 거기에 그것들을 넣어 두었다. 나중에 태워 버릴 작정이었다. 새벽 2시 20분 전이었다.

그는 앉아서 생각하기 시작했다. 영국에서 매년, 거의 매달, 사람들은 자신이 저지른 일 때문에 교수형을 당하고 있다. 하지만 이 일에는 증거가 없었다. 바질 홀워드는 11시에 도리언의 집을 나갔고 아무도 그가 다시 들어오는 걸 본 사람이 없었다. 파리! 그래. 바질은 파리로 간 거다. 그가 계획했던 대로 자정 기차를 타고 파리로 간 거다. 바질은 원래 숨어 지내길 좋아하니 실종 의혹이 생기기까지 몇 달 간 시간을 벌 수 있을 것이다. 그 시간이면 모든 증거를 없애기에 충분했다. 그는 서가에서 전화번호부를 집어 들어 책장을 넘기기 시작했다. '메이페어, 하트포드 거리

152번지. 앨런 캠벨.' 그렇다. 그는 도리언 그레이가 찾는 사람이었다.

14장

다음 날 아침 9시에 하인이 쟁반에 초콜릿 한 잔을 갖고 들어왔다. 도리언은 한 손을 뺨 밑에 대고 오른쪽으로 누운 채 매우 평화롭게 잠을 자고 있었다.

하인이 어깨를 건드리자 그는 잠을 깼다. 그는 팔꿈치를 받치고 앉아 초콜릿을 홀짝홀짝 마시기 시작했다. 무르익은 11월의 태양이 방 안으로 흘러들어왔다. 하늘은 밝았고 공중에는 쾌적한 온기가 감돌고 있었다. 마치 5월의 아침 같았다.

점차 전날 밤의 사건이 그의 뇌리에 조용한 피로 얼룩진 발로 다가오더니 끔찍할 정도로 또렷하게 재구성되었다. 그는 자신이 겪었던 일을 모두 기억하고는 움찔했다. 잠시 의자에 앉아 있을 때 살인을 부추겼던 바질 홀워드에 대한 바로 그 이상한 증오심이 그를 엄습했고, 그는 흥분으로 냉정해졌다. 블랙커피 한 잔을 마신 후 그는 천천히 냅킨으로 입술을 닦고 하인에게 기다리라고 손짓하고는 테이블로 건너가 두 장의 편지를 썼다.

"프랜시스, 이 편지를 하트포드 거리 152번지로 가져가고, 캠벨 씨가 런던에 안 계시면 주소를 알아 오도록 하게."

도리언은 고티에의 시집을 집어 들어 읽기 시작했다. 한동안 책에 빠져 있었으나 도리언은 이내 고개를 들었다. 불쌍한 바질! 그렇게 죽다니! 그는 한숨을 쉬고 책을 다시 집어 들고 잊어버리려고 노력했다. 그는 시 구절에 빠져들어 명상하기 시작했다. 그러나 잠시 후 책이 그의 손에서 떨어졌다. 그는 초조해졌다. 끔찍한 공포의 발작이 그를 덮쳤다. 앨런 캠벨이 영국에 없다면 어떻게 할 것인가? 그는 계속 시계만 쳐다보았다. 시간이 흐르면서 그는 무섭게 동요되었다. 긴장감이 견딜 수 없을 정도가 되었다. 기괴한 바람에 휩쓸려 절벽의 울퉁불퉁한 검은 틈 사이로 떨어질 것 같은데, 시간은 납으로 만든 발처럼 기어가는 것 같았다. 마침내 문이 열리고 하인이 들어섰다.

"캠벨 씨가 오셨습니다." 하인이 말했다. 앨런 캠벨이 무척 엄하고 다소 창백한 표정으로 걸어 들어왔다.

"난 자네 집에 다시는 발을 들여놓을 생각이 없었어. 하지만 자네가 생사가 걸린 문제라고 해서 왔을 뿐이야."

"앨런, 이 집 꼭대기에 자물쇠로 잠긴 방이 있는데 나밖에는 들어갈 수 없는 방이야. 거기 테이블에 시체가 있네. 사망한 지 열 시간쯤 되었어. 놀라지 마. 그런 눈으로 보지 말고. 그가 누군지, 왜 죽었는지, 어떻게 죽었는지, 이런 건 자네와 상관없는 문제야. 자네가 할 일은 바로 이것….”

“그레이, 그만! 더 이상 듣고 싶지 않아. 나는 자네의 삶에 연루되는 걸 결단코 거절하겠네. 자네의 끔찍한 비밀은 혼자만 간직하도록 해. 나는 더 이상 관심 없으니까.”

“앨런, 자네는 나를 구할 수 있는 유일한 인물이야. 자네를 이 일에 끌어들어야겠어. 자네는 과학자야. 화학이나 그런 종류의 것을 잘 알고 있잖아. 자네가 해야 할 일은 이층에 있는 것을 없애 주는 것이야. 흔적이 전혀 남지 않도록. 공중에 뿌려 버릴 수 있는 한 줌의 재로 만들어줘.”

“미쳤군. 난 그 일에 절대 손대지 않겠어. 거절하겠어.”

그러자 도리언은 손을 뻗어 종이 위에 뭔가를 적었다. 캠벨은 놀라 종이를 집어 들어 펼치더니 죽은 사람처럼 얼굴이 창백해졌다. 캠벨의 입술에서 신음 소리가 터져 나왔다. 그는 온몸을 떨었다.

“자, 앨런, 당장 결정해야 하네.”

“난 못해.”

“해야 돼. 자네는 선택의 여지가 없어. 더 지체하지 말게.”

캠벨이 일을 마친 것은 7시가 훨씬 지나서였다. 그는 창백했지만 무척 침착했다.

“자네가 부탁한 일을 마쳤어. 자, 이제 작별이야. 다시는 서로 만나지 않기를 바라."

"앨런, 자넨 나를 파멸에서 구해 냈어. 잊지 않을게."

캠벨이 떠나자마자, 그는 위층으로 올라갔다. 방에서는 지독한 질산칼륨 냄새가 났다. 하지만 테이블 앞에 앉아 있던 시체는 사라지고 없었다.

15장

그날 저녁 8시 반에 세련된 옷차림에 큼직한 제비꽃을 꽂은 도리언 그레이는 고개 숙인 하인의 접대를 받으며 나버러 부인의 응접실로 들어섰다. 그날 밤 도리언 그레이를 본 사람은 그가 우리 시대에 일어날 수 있는 가장 끔찍한 비극을 겪었다고 생각할 수 없었을 것이다. 그 섬세하게 생긴 손가락은 결코 죄를 짓는 칼을 집어 들 수 없는 그런 것이었고, 미소 짓는 입술은 욕설을 퍼부을 수 없는 그런 것이었다. 그는 자신의 차분한 행동거지에 스스로 의아해 했고 잠시 이중생활의 끔찍한 쾌락을 강렬하게 느꼈다.

하지만 식사 때 그는 아무것도 먹을 수가 없었다. 접시에 요리가 담겨 나올 때마다 손도 대질 않았다. 헨리 경이 간간이 식탁 너머로 그를 바라보며 그의 침묵과 멍한 태도에 대해 의아해 했다.

"도리언, 오늘 밤 왜 그래? 자네 무척 언짢아 보여." 후식이 나오기 시작하자 마침내 헨리 경이 말을 걸었다.

"해리, 괜찮아요. 지친 것뿐이에요."

"그런데, 도리언, 어젯밤 무척 일찍 가던데. 11시 전에

나갔잖아. 그 후에 뭘 했나? 집에 곧장 갔나?"

도리언은 그를 급히 쳐다보고는 인상을 썼다. "아니요, 해리." 그가 마침내 대답했다. "3시가 될 때까지 집에 가지 않았어요."

"클럽에 갔었나?"

"네." 그가 대답하고는 입술을 깨물었다. "아니요, 아니에요. 클럽에 가지 않았어요. 돌아다녔지요. 뭘 했는지 잊었는데…. 해리, 왜 그렇게 캐물어요! 늘 누가 뭘 하고 있었는지 알고 싶어 하고."

헨리 경은 어깨를 으쓱했다.

"이 친구야, 그냥 물어본 거야. 자네 무슨 일이 있는 거지. 얘기해 봐. 오늘 밤 자네는 평상시 자네가 아니야."

"해리, 신경 쓰지 말아요. 난 좀 초조하고 화가 나 있어요. 내일이나 모레 다시 만나러 올게요. 나버러 부인에게 말씀 좀 잘해 주세요. 집에 가겠어요."

집으로 돌아오자, 그는 그의 목을 조르고 있는 것 같던 공포심이 다시 돌아온 것을 의식했다. 헨리 경이 무심코 던진 질문이 잠시 그로 하여금 겁을 먹게 만들었던 것이다.

자정이 되자 어두컴컴한 하늘에 청동색이 퍼졌다. 도리언 그레이는 옷을 천하게 차려 입고는 목도리를 두르고 조용히 집을 빠져나갔다. 본드 거리에서 그는 훌륭한 말이 끄는 마차를 발견하고 소리쳐 불러 낮은 목소리로 마부에게 주소를 댔다.

그 남자는 고개를 흔들었다. "너무 멀어요." 그가 중얼거렸다.

"이 금화를 주겠네." 도리언이 말했다. "빨리 가면 금화 하나 더 주지."

"알겠습니다. 한 시간 안에 도착하도록 하겠습니다."

마차는 강을 향해 신속하게 달려갔다.

16장

찬비가 내리기 시작하고 흐려진 가로등이 축축한 안개 속에서 창백해 보였다. 술집들은 막 문을 닫고 있었고 여자들이 문가에 이리저리 모여 있었다. 몇몇 술집에서 시끄러운 웃음소리가 들려왔다. 다른 집에선 주정꾼들이 고함을 치고 소리를 질러대고 있었다.

모자를 이마까지 푹 눌러쓰고 마차 안에서 뒤로 기댄 채 도리언은 힘없는 시선으로 거대한 도시의 불결하고 수치스러운 지역을 바라보았다. 그는 헨리 경이 처음 만났던 날 해 준 말을 되뇌었다. '감각을 통해 영혼을 치유하고, 영혼을 통해 감각을 치유한다.' 그래, 그것이 비결이었다. 그는 종종 그 시도를 했었으며 지금 다시 그것을 시도하려 하고 있었다. 아편 소굴이 있어 사람들은 망각을 돈으로 살 수 있는 것이다. 오랜 죄의 기억이 새로운 죄의 광기에 의해 제거되는 공포의 소굴.

하늘에는 달이 노란 해골처럼 낮게 드리워져 있었다. 때로 보기 흉한 거대한 구름이 긴 팔을 뻗어 달을 가려버렸다. 가스등이 점차 적어지고 거리가 점점 좁아지면서 음산해졌다. 한번 길을 잃으면 반 마일은 되돌아가야 했다. 말이 물웅덩이를 첨벙거리고 건너자 말에서 김이 무럭무럭 솟았다. 마차의 옆 창문은 잿빛 안개로 꽉 막혀 있었다.

'감각을 통해 영혼을 치유하고, 영혼을 통해 감각을 치유한다.' 그 말이 그의 귀에 울려 퍼졌다. 그의 영혼은 분명 병들어 있었다. 감각이 영혼을 치유할 수 있다는 게 사실일까? 순결한 피를 흘렸는데. 그것을 무엇으로 속죄할 수 있을까? 용서는 있을 수 없어도 망각은 가능했다. 그는 잊어버리기로 결심했다. 그는 마부에게 빨리 가라고 소리쳤다. 아편에 대한 끔찍한 갈망이 그를 괴롭혔다. 그의 목이 타들어가고 섬세한 손이 신경질적으로 비틀렸다. 길은 끝이 없는 것 같았다. 거리는 엎드린 거미의 검은 거미줄 같았다. 갑자기 마부가 어두운 골목길의 정상에서 확 멈춰 섰다. 집들의 낮은 지붕과 들쭉날쭉한 굴뚝 위로 배의 검은 돛대가 보였다. 고리 모양의 하얀 안개가 뜰에 유령선처럼 붙어 있었다.

"이 근처가 맞지요?"

도리언은 놀라 주위를 둘러보았다. 그는 급히 마차에서 내려 마부에게 약속한 특별 요금을 주고는 부두 쪽으로 급히 발걸음을 옮겼다. 여기저기 물웅덩이에서는 불빛이 흔들리고 흩어졌다. 석탄을 태우고 있는 외항선으로부터 번쩍이는 붉은 빛이 보였다. 그는 간혹 미행하는 사람이 있는지 보기 위해 뒤를 흘끔거리면서 서둘러 갔다. 7~8분 정도 지나자 그는 황량한 두 개의 공장 사이에 끼어 있는 조그만 초라한 집에 도착했다. 위층 창문에 램프가 있었다. 그가 노크를 하자 조용히 문이 열렸다. 그가 들어서자 기형적으로 생긴 땅딸막한 인물이 그림자처럼 벽에 바짝 붙어 길을 비켜 주었다. 복도 끝에 매달려 있는 너덜너덜한 녹색 커튼이 거리에서 들어온 세찬 외풍에 이리저리 흔들렸다. 그는 커튼을 젖히고 한때 삼류 댄스홀이었던 것처럼 보이는 길고 낮은 방으로 들어섰다. 더러워진 거울에 둔하고 비틀린 모양으로 비치고 있는, 번쩍이는 날카로운 가스등이 벽을 따라 늘어서 있었다. 바닥은 황토색 톱밥으로 뒤덮여 있었는데 여기저기 밟혀서 진흙처럼 굳어진 곳도 있고, 엎질러진 술로 동그랗게 얼룩진 곳도 군데군데 있었다. 말레이 사람 몇이 조그만 석탄 난로 옆에서 웅크리고 앉아 주사위 놀이를 하고 있었는데 재잘거릴 때 하얀 이빨이 드러났다. 한쪽 구석에는 팔에 머리를 파묻은 채 한 선원이 테이블에 엎드려 있었고, 한쪽 옆면을 차지하고 있는 번쩍거리는 칠을 한 카운터 옆에 초췌한 여자 둘이 혐오스러운 표정으로 웃고 있었다.

방 끝에 조그만 계단이 있는데 어두운 방으로 이어지

고 있었다. 도리언이 흔들거리는 계단 세 개를 급히 올라가자 짙은 아편 냄새가 그를 맞았다. 그는 깊은 숨을 내쉬었다. 쾌감으로 콧구멍이 떨려 왔다. 그가 들어가자 등불에 몸을 숙여 길고 가느다란 파이프에 불을 붙이던 부드러운 노란 머리를 한 젊은이가 올려다보며 머뭇거리는 태도로 고개를 끄덕였다.

"에이드리언, 여기 왔나?" 도리언이 중얼거렸다.

"내가 여기 말고 어디 또 가겠어요?" 그가 힘없이 대답했다. "이제 내게 말을 걸 사람도 없을 텐데요."

"영국을 떠난 줄 알았는데."

"달링턴이 아무 짓도 안 할 거예요. 형이 돈을 갚아 주었거든요. 조지도 나와 말을 안 해요…. 상관없어요." 그가 한숨을 쉬며 덧붙였다. "이것이 있는 한, 친구도 필요 없어요. 여기 이렇게 친구들이 많이 있는데요."

도리언은 움찔하고는 낡은 매트리스 위에 괴상한 자세로 누워 있는 기괴한 것들을 둘러보았다. 비틀린 팔다리, 떡 벌린 입, 초점 없는 퀭한 눈들이 그의 시선을 끌었다. 그는 얼마나 이상한 천국에서 그들이 고통을 받고 있는지 잘 알고 있었고, 어떤 둔감한 지옥이 그들에게 새로운 기쁨의 비밀을 가르쳐 주고 있는지 잘 알고 있었다.

도리언은 에이드리언 싱글턴과 카운터로 갔다. 너덜너

덜한 터번을 두르고 초라한 외투를 입은 혼혈인이 브랜디 한 병과 큰 잔 두 개를 그들 앞에 놓으면서 흉측한 미소를 보냈다. 여자들이 옆으로 다가와 재잘대기 시작했다. 한 여자의 얼굴에 말레이 단검같이 비틀린 미소가 뒤틀리며 번졌다.

"저리 가. 뭘 원해? 돈? 여기 있어. 다시는 내게 말 걸지 마."

도리언이 발을 구르며 외쳤다.

잠시 여인의 젖은 눈에 붉은빛이 번쩍 일었다가 다시 꺼지더니 멍하고 흐릿한 눈동자로 돌아갔다. 그녀는 머리를 흔들며 카운터에서 탐욕스러운 손가락으로 동전들을 긁어모았다. 그녀의 친구가 부럽다는 듯이 바라보았다. 갑자기 돈을 받은 여자의 색칠한 입술에서 흉측한 웃음소리가 터져 나왔다.

"악마의 졸개!"

"지옥에나 가! 날 그렇게 부르지 말랬지."

그가 말했다.

"그럼 프린스 차밍이라고 불러 줄까?"

그녀가 그의 뒤에 대고 소리쳤다. 그녀의 말에 졸고 있던 선원이 벌떡 일어나 주변을 거칠게 둘러보았다. 복도 문을 닫는 소리가 그의 귀에 들렸다. 그는 추적이라도 하듯 뛰쳐나갔다.

도리언 그레이는 부슬부슬 내리는 비를 맞으며 부두를 따라 급히 걸어갔다. 에이드리언 싱글턴과의 만남이 이상하게 그의 마음을 움직였다. 그는 바질 홀워드가 그렇게 치욕스럽게 모욕을 주며 말했던 것처럼, 정말 그 젊은이의 인생을 파멸로 이끈 책임이 자신에게 있는지 생각해 보았다. 그는 입술을 물어뜯었다. 잠시 그의 눈에 슬픈 표정이 어렸다. 하지만 결국 그것이 자신과 무슨 상관이 있단 말인가? 인생은 너무 짧아서 남의 실수를 어깨에 짐 지려고 할 여유가 없는 법이다. 도리언이 발걸음을 빨리 하여 악명 높은 장소로 가는 지름길인 희미한 아치형 길로 들어섰을 때, 갑자기 뒤에서 누가 그의 목을 잡아 벽으로 홱 밀쳤다. 그는 버둥거리다가 겨우 내리누르는 손가락으로부터 벗어날 수 있었다. 그는 권총이 째깍하는 소리를 들었다. 그의 머리를 겨누고 있는 반짝거리는 총대의 희미한 빛과 자신을 똑바로 보고 있는 키가 작고 단단한 체구를 가진 남자의 어스름한 형체가 보였다.

"뭘 원하지?"

"조용히 해. 움직이면 쏘겠다."

"미쳤군. 내가 무슨 일을 했기에 그러지?"

"넌 시빌 베인의 인생을 망쳤잖아. 누이는 자살했어.

모두 네 책임이야. 난 너를 죽여 버리겠다고 맹세했어. 몇 년 동안 너를 찾아 헤맸어. 단서도 없고 흔적도 없이 말이야. 오늘 밤 우연히 누이가 널 부르던 별명을 들었어. 신 앞에 회개해라. 오늘 밤 넌 죽는다."

끔찍한 순간이었다. 갑자기 무모한 희망이 뇌리를 스쳐갔다.

"잠깐! 당신 누나가 죽은 지 얼마나 되었지? 빨리, 말해 봐!"

"18년. 왜 묻는 거지? 세월이 무슨 상관이야?"

"18년이라고! 불빛 아래 내 얼굴을 좀 보지!"

도리언 그레이는 목소리에 승리감을 담은 채 웃었다.

바람에 흔들리는 희미한 불빛이 그가 저지를 뻔한 끔찍한 실수를 보여 주었다. 그가 죽이려고 했던 사람의 얼굴은 앳된 소년의 얼굴이었다. 오염되지 않은 순수한 젊음을 지닌 사람이었다. 그는 기껏해야 스무 살을 겨우 넘은 청년처럼 보였다. 그는 꽉 쥐고 있던 손을 늦추면서 비틀비틀 돌아섰다.

"하느님! 하느님! 내가 당신을 살해할 뻔했군!"

도리언 그레이는 깊은 숨을 내쉬었다.

"용서해 줘요. 내가 착각했어요. 저놈의 소굴에서 우연히 들은 말 때문에 오해를 했어요."

도리언이 재빨리 가 버린 후에도 제임스 베인은 두려움에 떨며 보도 위에 서 있었다. 그는 머리끝부터 발끝까지 덜덜 떨고 있었다. 살금살금 따라오고 있던 검은 그림자가 그에게 가까이 다가왔다. 술집에서 술을 마시던 여자였다.

"왜 그를 안 죽인 거야? 이 바보야. 그를 죽였어야지. 돈이 얼마나 많은데. 게다가 얼마나 못된 인간인데."

그녀가 초췌한 얼굴을 가까이 들이대며 씩씩거렸다.

"그는 내가 찾고 있던 사람이 아니요. 그리고 난 남의 돈을 뺏으려는 게 아니야. 난 어떤 남자의 목숨을 원해. 그는 지금 마흔 살은 되었을 거야. 저 친구는 이제 겨우 소년인데. 내 손에 그의 피를 묻히지 않은 데 대해 하느님께 감사하는 중이야."

여자가 비통한 웃음을 터뜨렸다.

"소년에 불과하다고! 이봐, 프린스 차밍이 나를 이 꼴로 만들어 놓은 게 18년 전이야. 사람들은 저자가 그 예쁜 얼굴 때문에 악마에게 자신을 팔았다더군. 내가 그를 만난 지 거의 18년이 다 되었어. 그 이후로 하나도 안 변하더군. 난 이렇게 변했는데 말이야."

제임스 베인은 쏜살같이 길모퉁이로 뛰쳐나갔지만, 도리언 그레이는 사라지고 없었다.

17장

일주일 후 도리언 그레이는 셀비 로열[14]의 온실에서 아름다운 몬머스 공작부인과 이야기를 나누고 있었다. 티타임이었다. 테이블 위에 큼직한 레이스가 덮인 등불에서 나온 무르익은 빛이, 공작부인이 주관하는 식탁의 예쁜 도자기와 은 식기들을 비춰주고 있었다. 헨리 경은 실크로 덮인 버드나무 의자에 깊숙이 기대 앉아 그들을 바라보고 있었다.

"두 사람 무슨 얘기를 하고 있어?"

헨리 경이 테이블 쪽으로 걸어와 컵을 내려놓으면 말했다.

"글래디스, 도리언이 내 계획 얘기해 줬나? 모든 것에 이름을 새로 붙이는 계획 말이야. 재미있는 생각이지."

"해리, 그러면 우리가 당신을 뭐라고 불러야 하지?"

그녀가 물었다.

"그의 이름은 프린스 패러독스예요."

14) 셀비 로열(Selby Royal) : 도리언 소유의 저택 이름.

도리언이 말했다.

“자네는 몇 년 전 프린스 차밍이라고 불렸었지.”

“아, 그 얘긴 하지 마세요. 공작부인, 난초를 좀 가져다 드리지요.”

도리언이 벌떡 일어나 온실 쪽으로 걸어가며 외쳤다.

도리언이 그들 곁을 떠난 지 얼마 되지 않아 갑자기 온실 저 끝 쪽에서 육중한 것이 떨어지는 둔탁한 소리가 났다. 모든 사람이 깜짝 놀랐다. 공작부인은 겁에 질려 꼼짝도 않고 서 있었다. 눈에 두려움을 담은 채 헨리 경이 펄럭이는 종려나무 잎들을 헤치고 달려가 죽은 듯이 타일이 깔린 바닥에 얼굴을 대고 쓰러져 있는 도리언 그레이를 발견했다.

그는 즉시 푸른색으로 장식된 거실로 옮겨졌고 소파 위에 눕혀졌다. 잠시 후 그는 정신을 회복하고 놀란 표정으로 주변을 둘러보았다.

“이봐 도리언.” 헨리 경이 대답했다. “너무 과로했던가 봐. 식사하러 내려오지 말고 좀 쉬지. 내가 자네 대신 손님들 대접할게.”

“아니에요. 내려갈게요.” 그가 일어나려고 애쓰면서 말했다. “내려가는 게 좋겠어요. 혼자 있고 싶지 않아요.”

그는 방으로 가서 옷을 갈아입었다. 테이블에 앉아 있

을 때 그의 태도에는 무모한 거친 쾌활함이 엿보였다. 하지만 때로 제임스 베인의 얼굴이 하얀 손수건처럼 온실 창문에 딱 붙어서 자신을 지켜보던 것이 기억날 때마다 오싹하는 공포가 그를 덮치곤 했다.

18장

다음 날 그는 집에 머물러 있었다. 사실 그는 삶에 별 의욕이 없으면서도 죽을 것 같은 공포에 휩싸인 채 방에 틀어박혀 있었다. 쫓기고 덫에 걸리고 추적당하고 있다는 의식이 그를 지배하기 시작했다. 벽걸이가 바람에 흔들리기만 해도 그는 몸을 떨었다. 눈을 감으면 안개로 얼룩진 유리를 통해 응시하고 있는 선원의 얼굴이 다시 보였고 공포가 다시 한 번 그의 가슴을 쥐어뜯었다.

그가 외출을 할 수 있게 된 것은 3일째 되던 날이었다. 청명하고 소나무 냄새가 나는 겨울 아침의 공기에는 그의 기쁨과 삶의 열정을 되돌려 주는 뭔가가 있었다. 아침을 먹은 후 그는 사냥에 참가하기 위해 공원으로 나갔다. 부서지기 쉬운 서리가 잔디 위에 소금처럼 깔려 있었다. 하늘은 뒤집힌 푸른 금속 컵 같았다. 갈대가 자란 평평한 호수 가장자리에는 살얼음이 끼어 있었다.

그는 소나무 숲 한쪽 구석에서 공작의 동생인 제프리 클러스턴 경이 써 버린 탄약 두 개를 총에서 끄집어내는 것을 보았다. 그는 마차에서 뛰어내려 마부에게 암말을 집으로 데려가라고 이르고 손님을 향해 시든 고사리와 거친 덤불을 헤치고 나아갔다.

"제프리, 뭐 좀 잡았어요?" 그가 물었다.

"도리언, 별로예요. 새들이 아마 공터로 다 나갔나 봐요. 점심 후에 다른 장소로 가보면 좀 낫겠지요 뭐."

도리언은 그 옆에서 따라 걸었다. 날카로운 아로마 향의 공기, 숲에서 희미하게 반짝이는 갈색과 붉은색의 빛, 때로 울려 퍼지는 사냥 몰이꾼들의 거친 고함 소리, 뒤따르는 총의 날카로운 방아쇠 소리가 그를 즐겁고 자유로운 기분으로 채워 주었다. 그는 부주의한 행복과 무심한 기쁨에 사로잡혔다.

갑자기 그들 앞 20야드쯤 떨어진 곳, 오래 자란 풀이 뭉쳐 있는 덤불로부터 검은 귀를 쫑긋 세운 채 긴 뒷발을 내디디며 토끼 한 마리가 뛰어올랐다. 토끼는 오리나무 숲 쪽으로 달려갔다. 제프리 경은 총을 어깨에 놓았다. 토끼가 숲을 향해 뛰어오를 때 그가 총을 발사했다. 외침 소리가 두 번 들렸다. 하나는 토끼가 낸 끔찍한 소리였고, 더 끔찍한 다른 소리는 고통스러워하는 인간의 비명이었다.

"세상에! 내가 몰이꾼을 쐈군!"

제프리 경이 외쳤다.

"총보다 앞에 나가 있다니 어떤 바보야! 거기 총 그만 쏴! 사람이 다쳤다!"

고참 사냥터지기가 손에 지팡이를 쥐고 달려왔다.

"어딥니까? 총 맞은 사람이 어디 있어요?"

그가 외쳤다. 동시에 총소리도 멈췄다.

"여기야." 제프리 경이 화를 내며 수풀 쪽으로 급히 가면서 대답했다.

"도대체 왜 사람들을 뒤로 보내질 않은 거야? 오늘 사냥 망쳤잖아."

도리언은 사람들이 오리나무 숲으로 뛰어드는 걸 보고 있었다. 몇 분 후 그들이 시체를 끌면서 햇빛 속으로 다시 나타났다. 그는 공포에 질려 돌아섰다. 그에게는 자신이 어디를 가든 불운이 따라다니는 것만 같았다. 자기 방으로 돌아온 도리언 그레이는 온몸의 섬유조직이 공포로 욱신거리는 가운데 소파 위에 누워 있었다. 그에게 산다는 것이 갑자기 견디기 힘든 흉측한 짐이 되어 버렸다. 숲에서 야생동물처럼 총을 맞은 불운한 몰이꾼의 끔찍한 죽음이 그에게는 또한 자신의 죽음을 예고하는 것만 같았다.

갑자기 문을 두드리는 소리가 나더니, 몰이꾼 대장이 만나고 싶어 한다고 급사가 알렸다. 그 남자가 들어오자마자 도리언은 서랍에서 수표책을 꺼내 펼쳐 놓았다.

"손턴, 오늘 아침에 있었던 불미스러운 사건 때문에 온 것으로 생각되는데."

그가 펜을 꺼내며 말했다.

"네, 그렇습니다. 그가 누군지 정말 모르겠습니다. 그래서 이렇게 찾아뵙게 된 겁니다."

"그가 누군지 모른다고?" 도리언이 무심하게 말했다. "무슨 말이야? 자네가 데려온 사람이 아니었나?"

"아닙니다. 전에 본 적도 없어요. 선원처럼 보이던데요."

도리언 그레이의 손에서 펜이 굴러 떨어졌다. 그는 갑자기 심장이 멎어 버린 것 같은 기분이었다.

"선원? 자네 선원이라고 했나?"

"네. 선원이었던 것처럼 보이던데요. 양팔에 문신을 하고 있고 뭐 그렇던데요."

도리언은 벌떡 일어났다.

"시체가 어디에 있지? 빨리! 당장 좀 봐야겠어."

"홈 농장의 빈 마구간에 있습니다. 사람들이 집 안에는 그런 걸 두려고 하지 않아서요. 시체는 불운을 가져온다고 믿거든요."

도리언은 서둘러 마구간으로 달려갔다. 마구간 한쪽 구석에 거친 삼베 더미 위에 조잡한 셔츠와 푸른색 바지를 입은 시체가 놓여 있었다. 더러워진 손수건이 그 얼굴에 놓여 있었다. 농장 하인이 손수건을 치우자 기쁨의 외침 소리가 그의 입술에서 터져 나왔다. 숲에서 총을 맞은 사람은 제임스 베인이었다.

19장

“자네가 착해지려 한다고 말해 봤자 소용없어.” 헨리 경이 하얀 손가락을, 장미 향수로 채운 빨간 구리 그릇에 담그면서 외쳤다. “자네는 매우 완벽해. 제발, 변하지 말게.”

도리언 그레이는 머리를 저었다. “아니요, 해리, 난 평생 나쁜 짓을 너무 많이 했어요. 난 더 이상 그러지 않을 거예요. 어제 좋은 일을 시작했어요.”

“어제 어디 있었는데?”

“해리, 시골에 있었어요. 혼자 조그만 여인숙에 머물고 있었지요.”

“이 친구야.” 헨리 경이 미소 지으며 말했다. “누구든지 시골에선 다 착해질 수 있어. 거긴 유혹이 없거든. 그게 바로 도시를 벗어나 사는 사람들이 왜 그렇게 문명화되지 못했나 하는 이유야. 문명은 결코 달성하기 쉬운 게 아니지. 인간이 문명에 이를 수 있는 방법은 딱 두 가지뿐이야. 하나는 교양을 닦음으로써, 다른 하나는 타락함으로써. 시골 사람들은 어느 쪽이고 기회가 없어. 그래서 발전이 없이 그냥 침체되지.”

"교양과 타락이 한꺼번에 언급되는 걸 보니 좀 끔찍한데요. 해리, 내게 새로운 이상이 생겼어요. 난 변하려고 하고 또 변했다고 생각돼요."

"무슨 착한 일을 한다는 건데?"

"해리, 내가 누군가를 살려 주었어요. 허황되게 들리겠지요. 하지만 무슨 말인지 아실 거예요. 그녀는 무척 아름답고 시빌 베인하고 너무나 닮았어요. 그녀에게 처음 끌린 건 아마 그 때문일 거예요. 시빌 기억하시죠? 정말 옛날 일이 되었네요. 헤티는 물론 우리 계급이 아니에요. 그저 마을에 있는 소녀에 불과해요. 하지만 난 정말로 그녀를 사랑했어요. 난 일주일에 두세 번 그녀를 만나곤 했지요. 오늘 새벽에 함께 도망가기로 했었지요. 하지만 난 그녀를 내가 처음 본 그대로 꽃처럼 놔두기로 결심했어요."

"도리언, 자넨 그저 그녀의 심장을 터뜨렸을 뿐이야. 그것이 자네의 개과천선인가?"

"해리, 너무해요! 헤티의 심장은 터지지 않았어요. 물론 울기는 했지만, 그게 다예요."

"이봐, 도리언, 자네는 이 소녀가 이제 와서 자기 계급 사람에게 만족할 수 있을 거라고 생각하나? 아마 언젠가 거친 짐마차꾼이나 웃기 잘하는 농부와 결혼하게 될 거야. 그래, 자네를 만났었고 또 사랑했었다는 사실이 그녀에게 남편을 경멸하도록 가르칠 것이고 그녀는 비참하겠지. 게다가 헤티가 오필리아처럼 별빛 비치는 저수지에, 아름다운 수련들 가운데 둥둥 떠다니고 있는 건 아닌지 자네가 어떻게 알아?"

"해리, 정말 못 참겠군요. 당신이 무슨 말을 하든 상관없어요. 내 방식대로 행동한 게 옳았다고 생각하니까. 가엾은 헤티! 오늘 아침 농장을 지나갈 때 창가에서 재스민 다발 같은 그녀의 하얀 얼굴을 보았어요. 몇 년 만에 행한 첫 번째 착한 행동이에요. 난 착해지고 싶어요. 착해질 거예요. 당신 얘기나 해요. 런던은 요즘 어떤가요? 며칠째 클럽도 못 가 봤는데."

"사람들은 여전히 가엾은 바질의 실종 얘기를 하고 있어. 내 이혼 얘기와 앨런 캠벨의 자살 사건 얘기를 하더니 이제 예술가의 불가해한 실종 문제로 넘어갔어. 런던 경찰청은 11월 9일 자정 기차를 타고 파리로 출발한 회색 외투를 입은 남자가 불쌍한 바질이라고 주장하고, 프랑스 경찰은 바질이 파리에 도착하지 않았다고 주장하고 있어. 내 생각에 2주 후쯤 그를 샌프란시스코에서 봤다는 연락이 올 것 같아. 이상한 일이지만, 실종되는 모든 사람들이 샌프란시스코에서 목격되곤 하거든."

"해리, 바질이 살해되었을 거란 생각은 안 해 봤어요?"

"바질은 너무 인기가 많고 늘 워터베리 시계[15]만 차고 다니잖아. 그는 살해될 이유가 없어. 그는 적을 만들 정도로 똑똑하지도 않아."

"난 바질을 무척 좋아했어요."

도리언이 목소리에 슬픔을 담고 말했다.

"아마도 그는 합승마차에서 센 강으로 떨어졌는데 차장이 소문이 날까 봐 쉬쉬하고 있는지도 몰라. 그래. 그게 그의 종말이었다고 생각해야겠어. 그가 그 탁한 초록빛 물속에서 등을 바닥에 대고 누워 있는 게 떠오르는군. 큼직한 배가 그 위로 떠다니고 있고 긴 해초가 머리카락을 잡고 있는 가운데 말이야. 그가 더 좋은 작품을 그렸을 것 같지는 않아. 지난 10년간 그의 그림은 점점 나빠졌어. 그의 그림은 뭔가를 잃었어. 그건 이상을 잃어버렸어. 자네와의 우정에 금이 가자 그의 예술도 끝난 것 같아. 그런데 그가 자네에게 주었던 그 훌륭한 초상화는 어떻게 되었나?"

"잃어버렸어요. 찾으려고 광고를 냈었지만, 원래 그 그림을 별로 좋아하진 않았어요. 연극의 한 구절을 생각나

15) 워터베리(Waterbury) 시계 : 미국 코네티컷 주 워터베리에서 제조되던 인기 있는 값싼 시계.

게 하곤 했는데. 〈햄릿〉이었을 거예요. 어떻게 시작되더라? '슬픔의 초상처럼 심장도 없는 얼굴' 맞아요, 그 그림은 꼭 그랬어요. 슬픔의 초상처럼, 심장이 없는 얼굴."

헨리 경은 의자에 깊숙이 기대 앉아 반쯤 감은 눈으로 그를 바라보았다.

"그런데, 도리언. '만일 사람이 온 세상을 얻고'—뭐라고 했더라? 아, '그의 영혼'이었어—'그의 영혼'을 잃으면 그 사람에게 무슨 이득이 있을까?'"

도리언은 깜짝 놀라 그의 친구를 응시했다.

"해리, 왜 그런 질문을 하는 거지요? 영혼은 끔찍한 현실이에요. 영혼은 살 수도 있고 팔 수도 있고 물물교환도 할 수 있는 거예요. 독으로 망가질 수도 있고 완벽해질 수도 있는 그런 거예요. 우리 모두에게 영혼이 있어요. 난 알아요."

"도리언, 정말 확신하나?"

"확신해요."

"자네 너무 심각하군! 너무 진지해지지 않도록 해. 자네나 나나 영혼에 대한 믿음을 포기했잖아. 도리언, 내게 〈야상곡〉이나 연주해 줘. 그리고 젊음을 어떻게 유지하고 있는지 말해 줘. 자네는 뭔가 비밀이 있어. 10살 차인데 난 주름투성이고 닳고 누렇게 떴잖아. 도리언, 자네는 오늘 밤 무척 매력적이군. 자네는 내가 자넬 처음 봤던 날을 생각나게 해. 자네는 상당히 건방지고 무척 수줍어하고 정말 특별했어. 물론 자넨 변했지만, 외모는 아니야. 자네가 비밀을 말해 주면 좋겠어. 젊음을 되찾기 위해서라면 무엇이든 하겠어. 운동하는 것, 일찍 일어나는 것, 점잔 빼는 것만 빼고 말이야. 젊음! 세상에 젊음과 같은 건 없어. 삶은 마지막 경이를 그들에게 드러내지. 아, 도리언, 자넨 얼마나 행복한가! 자넨 여전히 그대로야."

"해리, 난 그대로가 아니에요."

"아니, 자넨 그대로야. 자네의 여생이 어떤 것이 될지 궁금해. 금욕을 통해 여생을 망치지 말게. 현재 자네는 완벽한 유형이야. 자신을 불완전하게 만들지 마. 우리의 삶이 의존하고 있는 것이 무엇인 줄 아나? 방 안에 혹은 아침 하늘에 우연히 나타난 색조, 자네가 한때 사랑했기에 미묘한 기억을 불러일으키는 특이한 향기, 잊고 있다가 다시 마주친 시행, 연주하길 멈춘 어떤 음악의 운율—도리언, 정말이지, 바로 이런 것들에 우리의 삶이 의존하고 있는 거야. 도리언, 나는 자네와 자리를 바꿀 수 있으면 좋겠어. 세상이 우리 두 사람을 소리 높여 비난하지만, 세상은 늘 자네를 숭배하고 있어. 세상은 앞으로도 자넬 계속 숭배할 거야. 자네는 시대가 늘 추구하는 그 유형, 또 찾아내게 될까 봐 두려워하는 바로 그 유형이야. 난 자네가 아무것도 한 일이 없다는 게 너무 기뻐. 삶은 자네의 예술이었어. 자네는 자신을 음악으로 만들고 자네의 일상은 소네트가 되었어."

"해리, 11시가 다 되었네요. 오늘 밤은 좀 지쳤어요. 일찍 자고 싶어요."

도리언이 슬픈 목소리로 말했다.

20장

아름다운 밤이었다.

도리언은 소년 시절의 때 묻지 않은 순수함이 너무나도 그리웠다. 한때 헨리 경이 표현했듯이 그의 흰 장미 같은 소년 시절. 그는 스스로를 더럽혔으며 마음을 부패로 채우고 다른 사람에게 나쁜 영향을 주는 존재였고 그렇다는 데서 끔찍한 기쁨을 누리곤 했었다. 이 모든 것은 돌이킬 수 없는 것인가? 그에게 희망이란 없단 말인가?

아! 얼마나 끔찍한 자만과 열정 속에서 그는 초상화가 인생의 짐을 지고 자신이 영원한 젊음의 더럽혀지지 않은 영광을 유지하도록 기도했던가! 그의 실패는 그 때문이었다. 그의 인생의 모든 죄가 확실하고도 신속한 형벌을 동반했더라면 그에게 훨씬 나았을 것이다. 형벌에는 정화라는 것이 깃들어 있으니까.

그는 치명적인 초상화에서 변화를 처음 보았던 그 공포의 밤에 그랬던 것처럼 거울을 집어 들고 눈물에 젖은 야성적인 눈으로 그 잘 닦여진 방패를 들여다보았다. 그는 자신의 아름다움이 혐오스러웠다. 거울을 바닥에 집어던지고 발꿈치로 밟아 은의 파편으로 산산조각 내 버렸다. 그를 망친 것은 그의 아름다움이었다. 그가 기도로 갈구했던 그의 아름다움과 그의 젊음이었다. 그 두 가지만 없었다면 그의 인생은 전혀 오점이 없었을 텐데. 그의 아름다움이 그에게는 마스크였으며, 그의 젊음은 조롱이었다. 그깟 젊음이 뭐란 말인가? 녹색의 미숙한 시기, 얄팍한 기분과 병적인 사고의 시간. 그는 왜 젊음의 제복을 입었던 것일까? 젊음이 그를 망쳐 버렸다.

과거는 생각하지 않는 편이 나았다. 아무것도 그것을 변화시킬 수는 없다. 그가 생각해야 할 것은 자신, 자신의 미래였다. 제임스 베인은 셀비 교회 뜰의 이름 없는 무덤 속에 감춰져 있다. 앨런 캠벨은 어느 날 밤 자기 연구실에서 총으로 자살해 버렸다. 사실 그의 마음을 가장 심하게 내리누르는 것은 바질 홀워드의 죽음이 아니었다. 그를 괴롭히는 것은 자기 영혼의 생중사(生中死) 즉, 살아 있으나 죽은 것 같은 상태였다. 바질은 자신의 인생을 망쳐 버린 그 초상화를 그렸다. 그 점을 그는 용서할 수가 없었다.

새로운 삶! 그것이 그가 원하는 것이다. 그것이 그가 기다리고 있던 것이다. 분명 그는 새로운 삶을 이미 시작했다. 그는 어쨌든 한 순진한 소녀를 구해 주었다. 그는 다시는 순진한 존재를 유혹하지 않을 것이다. 그는 선한 인물이 될 것이다.

그는 헤티 머턴을 생각하자 폐쇄된 방의 초상화가 변했을지 궁금해졌다. 분명 옛날처럼 그렇게 끔찍하지는 않을 것이다. 아마 그의 삶이 순수해지면, 그는 얼굴에서 사악한 열정의 모든 징후를 내몰아 버릴 수 있을 것이다. 어쩌면 악의 징후가 이미 사라졌는지도 모른다. 그는 가서 보고 싶었다.

그는 테이블에서 등불을 집어 들고 위층으로 올라갔다. 그는 방문을 잠그고는 습관처럼 조용히 들어서서 초상화에서 자줏빛 덮개를 끌어 내렸다. 고통과 분노의 외침 소리가 그에게서 터져 나왔다. 눈가에는 교활한 표정이 어려 있고 입가에는 말려 올라간 위선의 주름이 있었다. 그것은 여전히 가증스러웠다. 전보다 더 가증스러웠다. 그리고 손에 얼룩진 진홍색 이슬방울은 전보다 더 진해 보이고 새로 흘린 피처럼 보였다. 그는 몸을 떨었다. 빨간 얼룩은 왜 더 커진 걸까? 그것은 주름진 손가락 여기저기로 무슨 끔찍한 질병처럼 기어 다닌 것처럼 보였다. 살인−그것은 평생 그를 따라다닐 것인가? 그는 평생 과거 때문에 짐을 지게 될 것인가? 그는 정말로 고백을 해야 하는 걸까? 절대 아니다. 그에게 불리한 증거는 단지 하나만 남아 있었다. 바로 그 초상화−그것이 증거였다. 그 초상화를 없애 버리면 된다. 왜 그리 오래 간직해 두었을까? 한

때 그 초상화가 변하고 늙어 가는 것을 보는 것이 그에게 기쁨을 주었다. 최근 그는 그러한 기쁨을 느끼지 못했다. 그것은 그로 하여금 밤에 깨어 있게 만들었다. 그는 자신이 외출했을 때 다른 사람이 그 초상화를 보지나 않을까 하는 두려움에 휩싸였다. 그것은 그의 열정에 우울함을 가져왔다. 그 초상화에 대한 기억만으로도 많은 기쁨의 순간을 망쳐 버렸다. 그것은 그에게 양심과 같았다. 그렇다. 그것은 양심이었다. 그는 그것을 없애 버릴 것이다.

그는 주위를 둘러보다가 바질 홀워드를 찔렀던 칼을 보았다. 그것이 화가를 죽였던 것처럼, 화가의 작품과 그것이 의미하는 모든 것을 죽일 것이다. 그것은 과거를 죽이고, 과거가 죽게 되면 그는 자유로울 것이다. 그것은 이 끔찍한 영혼의 생명을 죽일 것이다. 그러면 그것의 흉측한 경고도 받지 않고 그는 평화로울 것이다. 그는 칼을 집어 들어 초상화를 찔렀다.

비명 소리가 들리고 쾅 하는 요란한 소리도 들렸다. 비명 소리가 너무 끔찍해서 놀란 하인들이 잠을 깨어 방에서 조심스레 밖으로 나왔다. 아래 광장을 지나던 두 신사는 그 큰 저택을 올려다보았다. 그들은 경관을 만날 때까지 계속 걸어가다가 그를 그곳으로 데려왔다. 경관은 벨을 몇 번 울렸지만 아무도 나오질 않았다.

"경관님, 이게 누구 집입니까?" 두 신사 가운데 나이가 더 많은 쪽이 물었다.

"아, 네, 도리언 그레이 씨 집인데요." 경관이 대답했다.

그들은 걸어가면서 서로 바라보고 비웃음을 흘렸다. 한 사람은 헨리 애시턴 경의 숙부였다.

안에는 하인들이 옷을 제대로 갖춰 입지도 못한 채 뛰어나와 서로 낮은 목소리로 속삭이고 있었다. 하인들 몇 사람이 위층으로 올라갔다. 그들은 문을 두드렸지만, 안에선 아무런 대답도 없었다. 소리쳐 불러도 조용하기만 했다. 마침내 그들은 지붕으로 올라가 발코니로 내려왔다. 창문은 수월하게 열렸다. 빗장이 너무 낡았기 때문에.

그들은 안으로 들어갔다. 미묘한 젊음과 아름다움의 경이로 가득한 주인의 화려한 초상화가 벽에 걸려 있는 것이 보였다. 그런데 마룻바닥에 한 남자가 야회복을 입고 심장에 칼을 꽂은 채 죽어 쓰러져 있었다. 그는 늙고 주름투성이의 혐오스러운 얼굴을 하고 있었다. 그들은 반지를 조사하고 나서야 비로소 그게 누구인지 깨달았다.

해설

《도리언 그레이의 초상(The Picture of Dorian Gray)》은 1890년 《리핀콧(Lippincott's Monthly Magazine)》지 7월호에 처음 연재되었으며, 1891년 단행본으로 출판되었다. 이 작품이 처음 발표되자 《스코츠 업저버(Scots Observer)》지는 "쓰이지 않는 게 훨씬 나았을 책"이라 혹평했고, 《세인트 제임스 가제트(Saint James Gazette)》지는 "사악한 자가 벌을 받았다고 해서 도덕적 작품이 될 수는 없다"면서 "불 속에 던져 버려야 할 부도덕하고 불결한 책"이라고 비난했다. 이러한 혹평에 대해 와일드는 예술과 도덕은 별개의 것이므로 도덕적 시각에서 작품을 평가해서는 안 된다고 반박했다. 그러나 이듬해 단행본으로 출간할 때 와일드는 영국의 보수적인 독자층을 의식했던 것으로 보인다. 그는 이 작품을 왜 부도덕하다고 하는지 이해할 수 없다면서도 화가 바질 홀워드가 초상화의 모델인 도리언 그레이를 본 순간 느꼈던 동성애 감정 묘사를 흐릿하게 처리하고, 무엇보다 자신의 심미주의 이론을 설명하는 서문, 시빌 베인의 멜로드라마적인 상황과 제임스 베인의 복수 장면, 런던의 하층민 거주 지역의 음산한 풍경을 덧붙이는 등 많은 부분을 수정했다. 그러나 이 작품은 작가 자신의 동성애 문제로 인해 그의 부도덕한 삶이 여실히 반영된 것으로 간주되어, 스캔들과 치욕으로 이어지는 작품이 되었다. 와일드는 작가로서 그리고 한 인간으로서 완전히 몰락했으며 그의 작품은 사후 십여 년간은 외설로 치부되었으나, 차차 그 작품성을 평가받으면서 1970년 이후에는 학계에서도 진지하게 연구되기 시작했다. 그러나 여전히 와일드가 가볍고 대중적인 작품을 쓴 그저 지나가는 하나의 사회적·문화적 현상에 불과했는지 혹은 지나치게 현대적인 사상을 개진했던 불우한 사상가인지에 대한 논란은 계속되고 있다.

이 책은 영국 펭귄북스 출판사의 《도리언 그레이의 초상》(1949)을 번역한 것이다. 펭귄북스 출판사의 텍스트는 개정본이어서 1890년에 출간된 원본과의 비교를 위해 미국 노턴 출판사의 《도리언 그레이의 초상》(2007)을 참고했다. 번역 원본은 원래 200자 원고지로 1160장인데 지식을만드는지식의 번역 지침에 따라 절반에 해당되는 552장으로 축약했음을 밝힌다.

20장으로 구성된 개정판을 번역함에 있어서, 와일드의 심미주의 이론과 감각적 향락주의 사상이 깊이 반영된 전

반부는 전문을 번역하고자 했다. 특히 1, 2장은 거의 삭제하지 않고 완역했다. 3장 이후 헨리 경의 퇴폐적이고 향락적인 심미주의 사상 및 아름다움과, 청춘의 상징인 도리언이 그에게서 받은 영향, 초상화의 마법의 힘을 둘러싼 내용도 되도록 원전을 그대로 옮기고자 했다.

그러나 헨리, 바질, 도리언을 둘러싼 런던 사교계의 자선 파티, 식사, 연주회 등의 이야기는 생략했고, 도리언이 사랑한 가난한 여배우 시빌 베인의 자살과 제임스 베인의 복수와 죽음을 둘러싼 내용은 핵심만 남겼으며 삼류 극장의 주변 이야기와 가족사는 대부분 생략했다. 주변적인 내용은 생략했지만 수정본에서 덧붙여진 고딕적 분위기는 작가의 의도를 살리기 위해 남겨두었다. 특히 빈민가, 아편굴 등 음산한 도시 풍경의 묘사는 이 작품의 또 다른 해석을 가능하게 한다.

이 작품은 심미주의에 대한 예찬과 동시에 윤리적 교훈을 담고 있다. 작가를 대변하는 헨리 워턴 경은 새로운 쾌락주의를 주창하면서 영국 보수층의 종교적 · 윤리적 위선을 공격하고 풍자한다. 헨리 경은 예술의 이상 또는 화신과도 같은 아름다운 도리언에게 인생에서 아름다움이 최고의 가치이며, 순간의 감각이 중요하기 때문에 열정을 갖고 모든 감각을 체험하라고 권하는데, 이것이 도리언에게 끼치는 좋지 못한 영향은 작가가 작중 인물 헨리 경에게 보이는 공감과 비판의 양면적 태도를 잘 보여 준다.

헨리 경의 영향을 받아 삶을 예술로 간주하고 개인적 감각의 향유를 추구하던 도리언은 아름다움을 잃지 않기 위해 악마에게 영혼을 팔고, 초상화가 그를 대신해서 늙어 가게 한다. 바질 홀워드는 도리언에게 사랑을 느끼고 고뇌하며 그에게 영감을 얻어 위대한 예술 작품을 완성했지만, 도리언이 가까운 인물들을 타락의 길로 이끌어 지옥의 나락으로 떨어지게 한 장본인이라는 사실을 알고 그를 질책하며 그의 영혼을 구원하려 한다. 이에 도리언은 청교도적 사고를 지닌 바질에게 순간적으로 증오를 느끼고 그를 살해한다. 감각적이고 향락적인 삶을 추구하던 아름다운 도리언은 결국 살인자가 되고, 완전 범죄를 위해 사체를 유기한다. 그러나 범죄 행각이 드러날까 두려운 마음과, 도리언에게 버림받아 자살한 옛 연인의 동생이 그에게 복수하겠다고 쫓아다니는 등 끔찍한 상황에 놓이게 되자, 그는 공포를 잊기 위해 아편 중독자가 된다. 이러한 도리언의 파멸 과정을 통해 작가 와일드가 말하고자 하는 것은 무엇인가. 예술과 삶은 별개의 영역이며 예술에서 도덕을 따질 수 없다고 예술의 자율성을 주장하던 와일드가 결국은 그 공허함을 깨닫고 자신의 세기말적 심미주의 주장에 대해 의문을 제기하는 것이다.

월터 페이터 및 키츠, 라파엘 전파, 보들레르, 고티에, 위스망스와 같은 이전의 심미주의 작가들의 영향이 짙은 이 작품에서, 와일드는 감각은 영혼을 치유한다고 주장하며 죄를 초월한 삶의 체험과 개인주의를 예찬한다. 또한 개인의 아름다운 영혼의 기록이 곧 예술이며 도덕과 예술은 별개의 세계이고 예술의 세계가 훨씬 우월하다고 말한다. 예술은 사회적인 쓸모는 전혀 없지만 교양을 갖춘 문화인은 쓸모 있는 일을 통해서가 아니라, 명상과 관조를 통해 삶이 가지는 더 높은 범주를 이해할 수 있다는 것이다. 세련되고 독특한 복장으로 사교계를 누비고, 집안 장식에 깊은 관심을 가졌던 와일드는 이 작품에서 아름다운 꽃과 정원, 실내장식, 의상, 향수와 보석 같은 외적 · 형식적 아름다움의 묘사에 큰 비중을 둔다.

그러나 이 작품은 도리언 그레이의 비극적 운명을 암시하고, 나락으로 떨어지는 도리언의 심리를 묘사함으로써 심미주의 안에서 심미주의를 전복시킨다. 감각적인 관능주의는 인간 영혼의 타락으로 이어질 수 있는 위험한 독의 씨앗 같은 것일 수 있음을 보여 준다. 그런 면에서 심미주의자라는 작가의 가면 뒤에 그의 청교도적인 모습이 숨어 있다고 말한 비평가도 있다.

이 작품은 세기말의 상징적 작품으로서 당대 사회의 권태와 무기력, 나태와 절망의 분위기를 반영하고 있으며 동성애 코드를 암시하고 있다. 또한 와일드는 런던이라는 대도시의 이면을 들춰낸다. 상류사회의 경직된 사고와 위선을 비판하는 한편 하층민들의 비참한 삶을 묘사함으로써 사회에 내재된 계급 간의 빈부 격차, 이민의 유입, 아편 중독, 타락한 군상 등의 문제점을 지적한다.

도리언의 아름다운 청춘과 그의 초상화의 흉측하고 잔인한 모습, 도리언의 미소와 처절한 비명이 대조된 삶의 양면성과 인간의 양면성을 다루는 이 작품은, 도플갱어를 주요 모티브로 삼은 고딕소설이기도 하다. 도리언의 이중적 삶은 빅토리아 시대의 아름답고 이타적인 신사계급의 추하고 위선적이고 타락한 이중적 삶의 폭로다. 또한 이스트엔드와 웨스트엔드로 요약되는, 런던이라는 대도시의 극심한 빈부격차와 계급갈등, 인종차별 등의 사회적 균열에 대한 예고이기도 하다. 상류사회의 파티와 고급 식탁과 꽃과 실내장식의 아름다운 분위기와 타락한 길거리 여성들, 아편굴의 중독자, 도리언의 악마적 행위와 범죄, 고뇌와 비명 등의 끔찍한 묘사는 세기말의 종말론적 분위기를 잘 반영하고 있다. 이러한 분위기 때문에 이 작품은 19세기말 '빅토리아 문명의 묘비명'이라고 불리기도 한다.

심미주의자 또는 댄디로 알려진 와일드는 예민한 감수성으로 이러한 시대 상황을 온몸으로 느끼면서, 이를 패러독스로 표현하고자 했으며, 그의 슬픔과 절망은 비극적 에토스로 표현되었다. 이 작품은 사회적으로 쓸모가 없는 예술가인 동시에 사회의 궁극적 개선을 향해 온몸으로 절규하는 사상가의 양면성을 지닌 작가의 모습을 잘 보여 주고 있다.

19세기 중반부터 영국을 포함한 유럽에 유행하기 시작한 심미주의는 세기말에 이르러 오스카 와일드에게서 정점을 이루고 쇠퇴한다. 위선적이고 경직된 영국의 보수층에 의해 질식당한 천재라고 일컬어지는 와일드는 시대의 흐름을 거슬러 당대의 지성의 중심에 당당히 서려고 했던 주요 예술가이자 사상가라는 의미를 지닌다.

《도리언 그레이의 초상》은 주인공의 파멸로 끝나지만, 이 작품이 우리에게 시사하는 바는 크다. 실용주의, 공리주의, 합리성, 자본주의, 청교도 윤리, 종교적 복음주의 등에 밀려 문화와 교양의 위상이 점차 약해지던 시기에 헬레니즘에 대한 향수에 젖어 예술지상주의를 외치던 이 작품은, 황금만능주의 아래 순수예술과 학문이 설 자리를 잃고 인간의 정체성이 과연 무엇인지 생각해 볼 여유를 잃어버린 21세기에, 인간이 무엇이며 어떻게 살 것인가에 대한 하나의 철학을 마련해 줄 수 있다. 비록 동성애가 영국의 보수적 사회에 의해 부도덕한 외설 행위로 단죄되고 와일드는 도리언 그레이처럼 몰락과 파멸에 이르렀으나, 그가 주장한 심미주의 사상은 약육강식의 경제 사회, 예술이 경제력의 도구로 종속되어 버린 현대사회에 시사하는 점이 크다.

지은이에 대해

오스카 와일드는 19세기 말 영국 유미주의의 대표적 작가로 1854년 10월 16일 더블린에서 출생했다. 그는 왕실의 주치의로 문학에 관심이 많았던 부친과, 혁명적 시를 통해 켈트 문화를 전파하고자 했던 모친의 영향을 받아 엄청난 독서가이자 훌륭한 이야기꾼으로 성장했다. 그는 1871년 더블린의 트리니티 대학교에서 그리스와 르네상스 고전문학을 공부한 후 1874년 영국의 옥스퍼드 대학교에 장학생으로 입학하는데, 옥스퍼드에서 존 러스킨과 월터 페이터 같은 스승을 만나 그들에게서 큰 영향을 받는다. 1878년 학위를 받은 후 런던으로 간 와일드는 위트가 넘치는 화술로 사교계를 사로잡았고 일상생활에서 유미주의를 실천하는 멋쟁이로 유명해진다. 그는 미국에 유미주의를 알리기 위해 1년간 순회강연을 떠나게 되고 곧 세계적인 유명인사가 된다. 와일드는 1883년 콘스턴스 로이드와 결혼해서 두 아들 시릴과 비비안을 두지만, 1891년 16세 연하의 옥스퍼드 대학생 앨프리드 더글러스 경을 만나 사랑에 빠지게 된다.

잡지에 서평을 기고하고 《행복한 왕자(The Happy Prince)》와 같은 동화를 발표하며 여성잡지의 편집장을 맡기도 했던 와일드는 1890년 《리핀콧》이라는 잡지에 《도리언 그레이의 초상》을 연재하기 시작하여 다음해 단행본으로 출판한다. 와일드는 시 · 동화 · 소설 · 희곡 · 비평 등 여러 방면에 걸쳐 글을 썼는데, 당시 영국 상류사회의 위선을 꼬집은 〈윈더미어 부인의 부채(Lady Windermere's Fan)〉, 〈하찮은 여자(A Woman of No Importance)〉, 〈이상적인 남편(An Ideal Husband)〉, 〈성실함의 중요성(The Important of Being Earnest)〉 같은 희곡 작품은 관객들의 갈채를 받으며 런던의 극장에서 계속 공연되었다. 그러나 앨프리드의 부친인 퀸즈베리 후작은 와일드와 아들의 비정상적 관계에 분노해 와일드를 남색가라고 비방하고 와일드는 명예훼손으로 그를 고발한다. 재담과 화술로 런던 사교계를 풍자하고 조롱하던 와일드는 결국 사회의 보수층에 의해 외설행위로 단죄되어 2년의 강제 노동형에 처해진다. 41세에 와일드는 그가 평생 추구해 온 영혼의 자유와 아름다움이 철저히 배제된, 추하고 불결한 감옥에서 힘든 노동에 시달리며, 작가로서 그리고 인간으로서 서서히 무너져 버리게 된다.

와일드는 감옥에서 슬픔과 절망의 나락에 빠져 더글러

스에게 분노에 찬 편지를 쓰곤 했는데 이는 사후에 《심연으로부터(De Profundis)》라는 제목으로 출간되었다. 1897년 출옥한 후 와일드는 영국을 떠나 다시 돌아오지 못했으며, 비인간적 형벌 체계에 대한 분노를 담은 〈레딩 감옥의 노래(The Ballad of Reading Gaol)〉를 발표했을 뿐 홀로 쓸쓸히 떠도는 생활을 하다가 1900년 파리의 한 호텔에서 사망한다.

옮긴이에 대해

원유경은 한국외국어대학교에서 영문학을 전공했으며, 모더니즘, 제국주의, 페미니즘, 디아스포라 등의 주제로 18세기부터 현대에 이르는 영국 소설을 연구하였다. 저서 《영문학 속 여성 읽기》를 비롯해 역서로 《오만과 편견》, 《타임머신》, 《당나귀와 떠난 여행》 등이 있으며, 그 외 논문 수십 편을 썼다.